과학을 좋아하고요 그런데 사람을 좋아합니다

이공계 두뇌를 가진 연구원의 사회복지사 정착기

글쓴이 고라해

KB207669

고유의 바다

나는 사회복지사이다. 하지만 "너는 왠지 사회복지사답지 않다."는 이야기를 많이 들었다. 국어사전에서는 '-답다'의 쓰임을 '성질이나 특성이 있음', '특성이나 자격이 있음' 이렇게 두 가지로 표기되어 있다. 자격은 있지만 통상적인 사회복지사스러운 기질과는 다르니 그렇게 보일 수도 있겠다. 과학을 좋아하고 지금도 뇌과학에 관한 책 읽기를 좋아하는 이공계 출신 사회복지사이기 때문이다. 실제로 이과적인 시각을 갖고 살아온 시간과 문과적인 시각을 갖고 살아온 시간이 딱 반반이다.

어느 누구도 명확하게 왜 그렇게 보이는지 설명해 주지는 않았지만 예상해 보자면 이공계를 공부한 사람이라기엔 소프트하고 사회복지사라기엔 너무 분석적이고 드라이

한 면이 있어서일 거다. 어느 쪽으로 정체성을 두기엔 오묘함이 묻어나는 '-답지' 않은 느낌을 풍기는 사람, 그게 나였다.

첫 직장생활을 하면서 대학교부터 사회복지를 전공한 사람이 '진짜 복지사'라고 여기는 분위기를 느꼈다. 시작점이 달랐던 나는 주류에서 상당히 멀리 있다는 걸 알았다. 상사들은 채근하며 열심히 해야한다고 말했고 나조차도 장점이기도 한 경험을 콤플렉스라 생각해 그런 티를 벗어내려고 열심히도 했다. 무엇이든 양면성이 있다. 목적지를 빨리 도착하는 게 좋은 걸까? 길을 조금 돌아서 가는 건 안 좋은 걸까? 더딘 만큼 풍경을 충분히 즐기고 다양한 사람을 만나 경험이 쌓이기도 한다. 일이 뜻대로 되지 않고 스스로에 대한 실망감에 상사 앞에서 엉엉 울어도 봤다. 늦게 출발한 만큼 빨리 가고 싶었지만 내 속도는 따로 있었다.

나는 어쩌다 사회복지를 하게 되었나? 번 아웃을 겪으면서까지 왜 그렇게 진심으로 일했는지 거슬러 올라가 생각해 본다. 공대생이자 치매 연구원으로 지내면서 거의 사람과 접하지 않는 일을 했다. 피 실험체를 마주하는 시간이 길어지면서 나의 인간성은 황폐해져갔다. 사회복지사가 되기 위해 시행착오를 겪는 과정은 비로소 인간으로 진화하는 시간이었다. 야생에서 인간 사회로 돌아간 정글북의 주인공 모글리처럼 말이다. 온몸에 스며든 온갖 화학약품 냄새는 복지관에서 부대끼다 보니 사람다운 냄새를 풍기게 되었다. 비록 시작은 아웃사이더 비전공자였지만 사회복지사였을 때가 진정한 나였다.

무모한 이 선택을 잘 해낼 수 있을지 때때로 의구심도 들었지만 지금 생각해 보면 '정상궤도를 따라가지 않아도 큰 일 나지 않는다.'는 것을 알게 되었다. 많은 사람들이 사회복지사 분야로 몸을 담고 싶어 한다. 사람 돕는 일을 하고 싶어서, 개인적인 가정환경 때문에, 인생 2막의 직업으로 동기부여가 되어서 다양한 이유로 선택하지만 미처 생각지 못한 지점때문에 괴로워하며 퇴사 결정을 하는 것도 곁에서 봐왔다.

사회복지사 자격증이 여러경로를 통해 취득할 수 있고 접근성이 좋다보니 쉽게 선택했다가 생각과 다른 업무, 낮은 임금으로 퇴사율도 높은 직종이 사회복지사이다. 학교에서 공부하는 것과 현장에서 일을 하는 건 너무나도 달라서 나 또한 어려움을 겪기도 했다. 세상을 바꾸지는 못해도 한 사람이라도 구하기 위해 전문성을 갖고 그 자리를 지키는 사람이 사회복지사이다.

　　나는 거창한 경력, 직책을 가져 보지는 않았고, 이른바 정규코스를 밟은 주류도 아니지만 비슷한 고민을 가진 사람들에게 미리보기를 통해 도움을 주고 싶어서 비전공자인 아웃사이더 사회복지사가 인사이더가 되며 고군분투하는 이야기들을 담았다. 사회복지사의 하루를 따라가며 일터를 엿보는 기회가 되기를 바란다. 그리고 하고 싶은 일이 있지만 주저하는 중이라면 경로를 벗어난 길을 밀어붙인 나 같은 사람도 있으니 막연한 두려움이 해소되면 좋겠다. 경로를 이탈해도 괜찮으니 자신만의 길을 만들어 가기를 바란다.

차 례

이 옷, 나랑 어울립니까?

이왕이면 대감집 노비

이공계 냄새가 풍기는 아웃사이더

과학을 좋아하고요
그런데
사람을 좋아합니다

한 번도 의심한 적이 없었다. 고등학교 진로를 이과로 선택한 이후 공식적인 이공계 인간으로 지낸 기간이 10여 년이다. 특히 생물을 좋아했는데 인체에 대한 부분에 흥미로웠다. 네 개의 방으로 이루어진 심장을 통과해 혈액이 순환하는 과정이라든지 생명체가 가진 형질이 다음 세대로 유전된다는 게 신기했다.

"방금 그 질문 좋은 포인트였어!"
선생님의 질문에 대답하고 오히려 역질문하던 내가 수업 시간에 자주 듣던 말이다. 하지만 지적 욕구와 달리 시험에서는 점수가 안 나오는 것이 함정이어서 대학가는데 하등 도움이 되지는 않았다. 그도 그럴 것이 좋은 점수를 받으려면 시험에 나올만한 내용을 공부해야 하는데, 호기심에 끌리는 부분을 집요하게 파고드는 학생이었다.

어찌 되었든 간에 나는 이공계 직업을 가진 부모님의 자식이니 당연히 유전학적으로 이공계 인간의 뇌 구조를 가졌다고 생각했고 자연스럽게 생명공학과로 진학했다.

대학교에서의 공부는 고등학생 때와는 차원이 달랐고 진로에 대한 심도있는 고민보다 학점 채우기에 급급해하며 4학년이 되었다. 졸업을 앞두고 다시 한번 내가 이 분야에 적합한지 고민하긴 했었다. 취업시장에서 도피하는 마음이 반, 이대로 공부를 끝내기에는 배움에 대한 아쉬운 생각이 반을 차지했다. 결국 대학원을 진학하며 본격적인 실험실 라이프가 시작되었다.

가설을 세워 실험하고 그에 들어맞는 결과를 내놓는 행위가 반복되었다. 'A가 B에 영향을 미칠 것이다.'라는 논리를 입증하기 위해 짧게는 며칠에서 길게는 몇 개월 동안 프로젝트가 끝날 때까지 자신을 믿어야 했지만, 사실은 매우 불안한 시간이었다. 예측한 대로 유의미하게 나와주면 다행이지만 그렇지 않은 결과에는 진이 빠진다. 나는 현미경을 들여다 보고 작은 세포를 배양하며 논리 구조를 따지기보다는 임상실험 전 단계인 동물실험을 직접 하며 사람에게 도움이 되는 가설에 관심을 갖게 되었다. 실험동물로 알려진 흰색 실험용 쥐 '마우스'와 새끼 토끼만 한 크기의 '랫트'를 키우고 해부하곤 했었다. 실험에서 가장 기본은 대조군, 실험군인데 대조군은 아무런 처치와 개입이 들어가지 않은 집단을 말하고 실험군은 그 반대이다. 살아있는 생명체로 비교실험이 가능한 건 실험동물을 특별하게 관리해서 판매하는 업체가 있기 때문이다.

새로운 학기가 시작되는 3월이면 영업사원들이 질환별 아이템 리스트들을 정리해 한 카탈로그를 나눠주며 판촉한다. 당뇨병 질환을 연구한다면 그에 필요한 실험동물, 시약, 기자재, 사료들을 한눈에 볼 수 있도록 정리해 놓아서 전화 한 통이면 배송해 준다. 사람도 인종이 있듯이 실험쥐 종류도 다양하기 때문에 연구하려는 질환에 적합한 실험동물을 구입해 실험한다. 연구실 박사선배가 특정 약물이 비만 감소에 어떤 영향을 미치는지 확인하는 프로젝트를 진행하며 내게 연구 보조를 맡겼다. 매 끼니 일반 사료를 급여한 대조군, 지방질 사료를 급여한 실험군을 이용한 선배의 연구계획을 듣는다. 모수를 늘리면 늘릴수록 유의미한 결과를 얻기 때문에 집단별로 적어도 20마리 이상 배치하여 두 달 넘게 해야 한다. 즉, 40마리가 단 한 번의 실험을 위해 희생된다는 말이다. 업체로부터 배송 박스가 도착한다는 문자를 받고 랫트를 손상 없이 세팅하기위해 연구실 사람들 모두가 동원되었다. 배송 박스를 발톱으로 긁는 '서걱, 서걱' 소리는 도망치고 싶은 신호처럼 들렸다. 박스 안에서 빛을 보지 못하고 사료도 먹지 못해 한껏 예민하다는 게 느껴졌다.

"납품 확인해 보세요."
맨 위에 올려진 박스를 열자 갑작스럽게 들어오는 빛에 놀라 '제발, 나를 살려줄 사람은 당신이야.'라며 순수한 눈빛을 보내는 랫트를 잊지 못한다. 8개씩 5층으로 된 아파트처럼 생긴 사육케이지에 한 마리씩 입주시킨다. 처음에는 내가 연구하는 시간보다 랫트에 매달려 있는 게 불만이었지만 온종일 빛도 제대로 들어오지 않는 공간에서 사람이 들어와야지만 움직이기 시작하는 걸 보니 안쓰럽다. 랫트를 돌보는 건 의외로 숨 쉴 구멍이었다. 매일 보던 사람들과 부대

끼다 갑갑한 연구실에서 벗어나 공식적으로 도망갈 수 있어서 기다려졌다. 랫트들은 어느새 두 달여 동안 케이지가 비좁아질 정도로 몸집이 커졌고 제한된 환경에서 스트레스가 극도로 달해 물통을 엎는 난폭한 행동을 보이거나 식음을 전폐하는 이상행동을 보이기도 했다.

비만이 되도록 처치한 랫트들이 한눈에 봐도 옆 케이지의 일반랫트와 확연히 차이가 날 때쯤 본격적인 실험이 시작됐다. 이들을 희생한 뒤, 피를 뽑고 세포 실험을 위한 조직채취 등을 마친 뒤 가장 중요한 무게 변화를 알아내기 위해 블랜더로 분쇄하는 단계가 남았다.

심지어 선배는 원활한 분쇄작업을 위해 바로 죽인 사체보다는 단단해야 좋을 것 같다며 냉동 과정을 추가하기로 했다. 냉동고에서 꺼낸 1번 랫트를 갈아 넣고 남김없이 저울 위에 올려 무게를 잰다. 40번 랫트까지 반복하면서 실험실 공기가 피냄새로 뒤덮혔다. 동물보호법에 따른 동물실험의 원

칙은 인류의 복지 증진과 동물 생명의 존엄성을 고려하여서 해야하고 실험 과정에서 비인도적 처치를 최소화해야 한다고 명시되어 있다. 하지만 그 당시 만연하게 행해지던 실험 과정이었고 인간성을 발휘해야 한다고 배우지 않았기에 잘못을 저지른 건 아니었다. 하지만 피냄새가 비리지 않고 단내로 느껴지는 순간 무언가 잘못 되가고 있음을 감지했다.

'나에게 이렇게 비인간적인 모습이 있었나?' 복잡한 생각과 함께 내가 연구할 논문 주제 가닥을 잡아가고 있었다. 좀 더 어려운 실험 기술을 배우기 위해 의과대학에 소속된 뇌과학 교실에 한 학기 파견을 나갔다. 실험 쥐에게 치매를 유도한 뒤 약물 효과가 있는지 뇌 조직을 살펴보는 실험을 주로 했다. 마우스의 머리뼈 윗부분을 살포시 열고 집게로 뇌를 손상 없이 꺼내는 것이 중요한데 온전해야지만 해당 부위 변화를 알 수 있어서다. 낮에는 선배들에게 실험을 배우고 저녁에는 논문을 준비하며 외로운 더부살이를 했다. 의대 연구실이 있는 건물은 교수실이 같이 있어서 퇴근시간이 되면 소등되는 공간때문에 복도가 깜깜해진다. 밤늦게까지 남는 날이면 왠지 실험실 밖이 무서워 문을 걸어 잠근다.

무슨 소리가 들리는 것만 같은데 다른 연구실은 퇴근해서 소리가 날 리 없었다. 다시 집중해 보지만 의대 건물 지하에 기증된 시신이 있다는 선배 말이 떠오르면서 갑자기 무서워진다. 쾅쾅 두드리는 소리에 깜짝 놀라 발소리도 내지 않고 다가가 조심스럽게 문을 열었다. 경비원 아저씨가 순찰 중에 이곳만 불이 켜져있어서 사람이 있는지 확인하려는 거였다. 상상이 현실로 아니어서 안도했다. 사람을 수술하는 의사는 더한 어려움을 겪을 텐데 어떤 생각으로 하는지 궁금했지만, 졸업이 우선이니까 자잘한 생각은 넣어둔다.

파견 기간이 계획보다 길어지면서 옆 방 연구실 언니와 친해졌다. 입학하고 온통 남자 연구원들만 보다가 여자 사람과 밥을 같이 먹는 것만으로도 큰 의지가 되었다. 손재주가 좋아 실험기술이 좋았던 언니는 비글을 이용한 안과질환 연구실험을 했다. 작은 실험동물만 봐오다가 사람을 반기는 비글을 보니 신기하고 귀여웠다. 곧 자신을 다치게 할 사람인 줄도 모른채 언니를 보며 반가워하는 비글은 순식간에 두려운 눈빛으로 바뀌었다. 프로젝트가 진행되는 몇 개월동안 언니를 보호자처럼 따랐던 비글이 본능적으로 위험을 감지하는 데에는 단 몇 초도 걸리지 않았다. 비글의 눈에 가차 없이 처치하는 장면을 보고 마음이 힘들었다. 실패없이 한 번에 해야 피실험체에게도 좋다는 건 알지만 무덤덤한 언니표정에서 내가 오버랩된다. 직접 처치한 것도 아니고 바라보기만 했을 뿐인데도 나의 인간성 수치가 내려가는 느낌이 든다.

지금 올라오는 감정과 생각은 뭘까. 내가 계속 연구원 생활을 한다면 혼란한 굴곡을 계속 마주할 것 같았다. 더욱 명확해지는 순간이다. 인간에게 이롭기 위해 발전하는 학문이 여러 생명을 희생시키는 것을 두 눈으로 보았고, 내 손으로도 하게 되었다. 무엇 때문에 배우는 것인지 생각이 많아진다.

실험동물에 대한 윤리법과는 별개로 내 마음 속 윤리기준이 흔들린다.

　　실험실 생활은 나를 극한의 상황에 던져 살아남을 수 있는지 테스트하는 시간이었다. 교류하는 사람이라고는 교수님, 같은 연구실 사람이 아니고서는 가족뿐이다. 실험실과 집만을 오가며 무한반복되는 생활은 스스로 고립시켜 실험쥐가 되었다. 케이지에 갇혀 세상과 다른 속도를 가진 인간 실험쥐는 바깥 세상을 보고싶다. 그렇게 이공계 인간의 새로운 고민이 시작된다.

　　'차라리 사람을 직접 이롭게 하는 것을 배우는 게 낫지 않을까?'

실험실
밖
사회화

사회복지사로 일을 하기 위해서는 자격증을 취득해야 한다. 더구나 나는 대학에서 사회복지를 전공하지 않았기 때문에 시간을 단축하면서 공부도 하는 현실적인 대안으로 대학원을 진학하기로 마음먹었다. 입학정보를 수집하면서 학교마다 주력하는 분야가 다르다는 걸 알게 되었고 실천 현장 분야에 강점이 있는 곳으로 지원했다.

면접 대기실에 앉아 초조하게 순서를 기다리다 지원자들의 중얼거리는 소리가 들린다. 나는 무엇을 어필해야 할지 자신이 없어지고 위축된다. 이공계 대학원에 입학하기 위해서는 지도교수와 먼저 접촉한 후 연구실을 정한다. 실제 면접에서 구체적으로 연구실의 방향성 안에서 관심 있는 주제와 실험설계 방법에 대한 질문이 오갔다.

반면에 사회복지 대학원은 입학 후 지도교수를 정하고 연구 주제를 심화해서 들어가는 차이점이 있다. 그래서인지 사회복지에 대한 가치관과 어떤 이유로 대학원에 진학하려고 하는지가 중요했다. 비전공자여서 면접관이 하는 용어들을 알아듣지 못하거나 말문이 막힐까 봐 우려했던 것과 달리 합격했다. 대학원은 보통 1학기에 뽑는 학생 수가 많기에 운이 좋았다.

　새로운 진로로 호기롭게 전향했지만, 연구실에서 보낸 시간만큼 뒤처졌다는 생각을 지우기 어려웠다. 평범하게 사회복지전공으로 대학을 졸업하고 대학원에 바로 진학한 사람이 부러웠다. 조급한 마음에 2년 안에 반드시 졸업논문을 완성하고 사회복지사 1급 자격증 취득을 목표로 세웠다. 비전공 4년제 졸업생이 국가시험을 치르려면 시험과목 8개를 포함하고 이수 학점을 맞춰야 하므로 수강계획을 잘 설계해야 한다. 보통 1학기에 개설된 건 2학기에는 열리지 않아서 한 학기에 5과목, 그리고 개설되지 않는 것은 사이버 강의로도 채워야 할 정도로 빡빡한 학교생활을 해야만 했다. 단시간에 많은 과목을 머리에 집어넣느라 쥐가 날 지경이다. 오전에는 대학원 풀 수업에 자격시험을 위한 필수과목 수강을 위해 학부 수업도 들어야 했다. 이 나이에 20대 초반 친구들과 조별 과제를 하려니 상당히 멋쩍다. 고학년 수업을 수강해 보기도 했지만 배움이 짧아 민폐가 되는 것 같았다. 복학생 오빠들의 심정이 이랬을까?

한편으로는 젊음의 기운을 만끽하게 되는 장점도 있다. 이전 학교는 공대였기에 주변에 체크 셔츠에 안경 쓴 학구파 스타일의 남학생이 많았다. 농담이 아니고 크기와 색깔만 다를 뿐 체크인 것은 변함이 없었다. 공대생들은 균형잡힌 격자무늬에 안정감을 느껴서일까 점심을 먹으러 나가면 셔츠를 입은 사람들이 오와 열을 맞춰 걷는다. 신기하게도 꼭 3명에서 5명 정도 같이 다닌다. 자세히 보면 공대 오빠들이다. 지금은 인문대생에 둘러싸여서 인지 이 학교 학생들의 특성인지는 모르겠지만 패션센스가 남다른 친구들이 많다. 솔직히 대학교를 리셋해서 두 번 다니는 느낌이라 나마저 풋풋해지는 것 같아서 그냥 좋았다.

학부 수업에서 감성을 100% 충전해봤자 대학원 수업을 들으면 급격히 방전된다.

박사선배들이 참여하는 수업은 유난히 서늘함이 가득하다. 그래서 박사 수강생이 몰리는 수업은 요리 조리 피했지만, 시간표를 짜다 보면 들을 수 밖에 없는 상황이 언젠가는 온다. H교수님에 대한 소문을 듣고 학점을 잘 받을 자신이 없었다. 통계 분석론을 담당하는 H교수님은 수강생을 눈여겨보다가 똘똘해 보이면 연구생으로 발탁한다는 신박한 소문이 있다. 길거리 캐스팅도 아니고 강의실 캐스팅이라고 해야 하나. 본인이 생각하는 학생에 대한 기대치가 높아서 학점도 짜게 준다는 말과 함께 말이다. 생각만 해도 나를 시시각각 평가하는 모습이 상상되어서 교수님과 눈을 맞추지 못하겠다.

정정기간이 있으니 일단 첫 강의를 들어보고 결정하기로 한다. 강의실에 생각보다 많은 학생들이 있어서인지 교수님은 살짝 들떠 보인다. 자신을 둘러싼 소문도 충분히 알고 있고 자기는 무서운 사람이 아니라며 장난 섞인 해명을 한다. 재수강을 하는 학생에게 물어보니 충분히 좋은 수업이지만 따라가기 어려울 뿐이라고 귀띔한다. 추천

인지 아닌지 모르겠는 애매모호한 말은 도움이 되지 않았다. '통계 분석론'이라는 과목이름부터가 뇌에서 지진이 난다.

사회과학에서는 여러 연구 방법 중 통계를 활용한 것이 가장 널리 쓰인다. 연구 주제에 따른 가설을 설정하고 뒷받침하기 위한 밑그림으로 설문지를 활용한다. 연구 주제가 집이라면 건축설계도 역할을 하는 게 설문지이다. 소위 '통계를 돌린다.'는 말이 있는데 통계 프로그램에 응답을 하나하나 입력한 뒤, 결과 분석하는 과정으로 기계적으로 표기된 무의미한 응답도 걸러내는 것을 의미한다. 프로그램을 활용하면 가설이 맞는지 확인할 수 있기 때문에 단순히 기능적으로만 사용하는 데 그치기 보다는 통계에 대한 원론적인 이해를 바탕으로 어떤 변수가 영향을 주고 어느 정도 신뢰성을 갖는지 해석할 줄 알아야한다. H교수님의 수업은 통계를 이해하기 위한 공식을 설명하고 수식 풀이를 하기 때문에 이에 적합한 수업이었다. 매주 이공계 학생으로 회귀하며 손으로 풀어낸 깜지같은 레포트를 제출했다.

H교수님은 그동안 학문을 전달하는 교수님들만 봐왔던 내 경험을 박살 시켜버렸는데 고등학교에서 어렵게 배운 내용을 짧은 시간에 쉽게 설명하는 걸 보고 진짜 실력자라고 감탄했다. 그런 교수님과 독대하려면 머리가 비상해야 할 테니 제자를 가려가며 받을 만하겠다고 인정하게 되었다.

영어 원서를 유난히 사랑했던 K교수님의 수업은 학생이 그 자리에서 직독직해를 해야하는게 고역이었다. 법륜스님의 즉문즉답마냥 '뚝딱!'하고 의미를 전달해야 했는데 말을 못하고 뻐끔거리는 민망한 상황이 발생할까 봐 사전에 동기들과 지문을 나누어 해석한 뒤 공유했다. 수업이 끝나면 바로 다음 주를 위한 공부에 착수해야 했는데 우리의 작당을 간파하셨는지 내 차례에서 갑자기 순서를 바꿔버렸다. 하필 다들 어려워서 기피하고 미루다 해결이 안 된 단락이다.

약간의 꼬부랑거리 발음을 가미해 초월번역을 시도하는 나를 보며 교수님은 "무슨 말인지 이해는 하고 말하느냐."고 한다. 다시 기회를 주셨지만, 기대에 부응한 대답은 나오진 않았고 얼굴만 뜨끈해졌다. 교수님은 옆에 앉은 동기 언니에게 해석을 시킨다. 나와 같은 비전공자인데 내용을 다 파악한 듯한 당당함과 막힘없는 해석에 놀랐다.

"언니, 아까 그 내용 알고 대답한거야?"
"그냥 느낌적인 느낌을 주는 거지. 사람들은 사실보다 그게 중요할 때가 있어."
사회복지를 공부하는 시간은 나라는 인간이 사회화하는 시간이기도 했다. 눈을 동그랗게 뜨고 목소리를 당당하게 내면 자연스럽게 넘어가기도 한다는 걸 알게 되었다. 정확함이 요구되던 실험실 생활과는 반대로 전공지식과 융통성을 버무려서 배웠다. 쉬지 않고 2년을 달린 결과, 내 손에 논문과 자격증이 쥐어졌다.

비자발적
아웃사이더

스물아홉. 처음 밥벌이하는 나이치고는 늦은 나이. 어른들은 '증'이 있고 기술이 있어야 굶지 않는다고 말하곤 했지만 그놈의 '증'이 취업을 담보하진 않았다. 전 국민 사회복지사 자격증의 시대라는 말이 있을 정도로 정말 많은 사람이 취득한다. 학교 밖을 나와 취업을 준비할 때 학부부터 차근차근 올라온 순수혈통이 아니라서 서러웠다. 아무리 지도교수, 동기가 있다고 한들 학부부터 4년 이상을 다져온 친구들과는 정보, 인맥에 있어서는 출발선 자체가 다르다.

사회복지사로 근무할 수 있는 곳은 여성, 노인, 아동, 장애인 등 대상자별로 지원하는 기관과 비영리단체도 있기에 애초에 지원하기 전 나와 맞을 법한 기관을 찾는 것이 중요하다. 나는 다행히 실습을 통해 아동복지와는 절대 맞지 않는다는 걸 일찍 알게 되었다. 청소년들의 예측불가능한 행동은 내가 감당하기 어려웠다.

"선생님은 어른인데 왜 키가 나랑 같아요?"라며 선생님을 일부러 짓궂게 약 올리는 말에 말문이 턱 막히곤 했다. 아동복지를 하기에는 나의 내공이 역부족이었다. 같은 활동을 하더라도 아이들에게는 혈압이 올라 꿀밤을 콕 쥐어박고 싶었고, 문장을 구사할 수 없을 정도로 어리거나, 네발로 기어다니는 영유아도 쉽지 않았다. 하지만 신기하게도 어르신과 함께하는 것은 즐겁고 보람찼다.

백날 천날 적성에 맞다고 나 홀로 외쳐봤자 어느 회사에서도 합격 목걸이는 주지 않았다. 석 달 동안 30곳 이상을 지원했고 가끔 마주한 면접에서는 화려한 경험을 청산유수로 내뱉는 지원자에 밀렸다. 오지로 해외 봉사단을 다녀온 이야기, 봉사 시간이 몇 백시간이나 되어서 수상했다는 지원자까지 엄청나다 엄청나. 내가 그들과 눈에 띄게 다른 점은 생명공학을 공부하다가 뒤늦게 사회복지로 진로를 바꾼 것. 나이는 대학교를 갓 졸업 한 사람처럼 보인다는 것. 내가 생각해도 채용하는 입장에서 반기기는 어려운 포인트이다. 역시나 질문이 들어온다. "왜 사회복지를 하게 되었죠?", "지원자를 뽑아야 하는 이유가 뭐죠?"

이것 말고도 '쟁쟁한 애들을 말고 왜 너여야 하느냐'는 식의 직설적인 질문을 받았다. 머리로는 다른 전공 출신이니 아무래도 색안경을 낄 수 밖에 없다고 인정하지만 마음 속으로는 그동안 노력한 시간을 부정당하는 것만 같았다. 차라리 면접에 부르지 않으면 상처라도 안 받을 텐데, 내 관상이 궁금했나 보다.

사회복지에서는 편견의 눈을 갖지 않고 대상자를 바라보아야 한다고 배웠건만 선입견이 듬뿍 담긴 시선으로 스캔 당했다. 주류의 무리로 들어가기는 어렵구나. 발버둥쳐도 포지션의 시작점은 비자발적 아웃사이더가 명확하다. 남들보다 높은 취업 문턱을 넘기 위해 객관화된 눈을 장착한 뒤 계약직으로 지원해 보기로 마음먹었지만 공고문에 적힌 급여를 확인하니 한숨이 절로 나온다. 차라리 아르바이트하는 게 속이라도 편하겠다는 생각이 든다. 일단 경력을 쌓아야 뭐라도 시작이 되는건데 아직 배가 덜 고픈 모양이다. 몇 달 동안 서류심사와 면접광탈 파티를 열고 T기관에 면접이 잡혔다. 그 동안 온갖 면접관들에게 입으로 두들겨 맞으며 쌓인 데이터베이스를 통해 이번 만큼은 '10초 이상 침묵 하지않기'를 행동강령으로 삼았다. 면접장이라고 안내 받은 곳에 다다르자 흠칫했다. 관장실이라는 푯말이 달려있다.

'똑똑'

네 명의 면접관이 손님용 소파에 'ㄷ'자 모양으로 둘러앉아 나를 집중하는 구조였다. 당황한 내색을 숨기고 막힘없는 1분 자기소개를 시작으로 답변들을 속사포로 말한다.

'나이스, 자기소개 좋고! 스토리텔링 좋고!' 연신 고개를 끄덕이는 좋은 분위기 속에 면접관 한 분이 마지막 질문을 던진다. "우리 기관의 노인일자리사업이 발전하기 위한 지원자만의 구체적인 방법을 말해보실래요?"

찰나의 3초 동안 '제가 그걸 알면 취준생이겠습니까?'라는 말이 목젖까지 차올랐지만, 꿀꺽 삼키고 미소를 띠며 답변을 내뱉는다. 뇌를 거치지 않은 답변이어도 어설퍼 보이지 않아야 한다. 긴장하지 않으려면 면접관의 인중을 바라보고 말하라는 꿀팁이 기억난다. 침을 한번 삼킨 뒤 관장님의 인중을 뚫어져라 보면서 대답한다.

사각사각. 다들 종이에 무언가를 적는 면접관과 나 사이에 다른 시공간에 있는 것 같다. 모르긴 몰라도 마지막 대답 때문에 오늘 면접이 망한 것은 잘 알겠다. 자책의 귀갓길 중에 답변을 복기해보니 기관에서 할 수 없는 수준으로 보건복지부 장관이나 할 수 있는 말이었다. '저 지식있는 지원자에요.'라고 아는 척해야 하니까 뭐라도 나불거렸는데 인중관찰에 심취해서 어떻게 마무리했는지 기억나지 않는다. 모르는 전화번호가 핸드폰 화면에 뜬다. "안녕하세요. 복지관 인사담당자입니다. 합격하셔서 전화드려요." 에? 내가 합격이라니. 서러움의 시간에 마침표를 찍는다.

이대로
인사이더
가능한가요?

나이가
많아서
열심히합니다

5월 1일은 근로자의 날이다. 분명히 채용공고 상에는 5월 1일부터 근로계약이라고 쓰여있는데 왜 5월 2일부터 출근하라는 건지 이해가 안 갔다.

"5월 2일부터 나오시면 됩니다."

"저...1일이 아니라 다음 날이요?"

달력을 집어들어 날짜를 다시 확인해 본다. 분명히 5월 1일도 평일인데 이상하다. 잘못 들은 줄 알고 재차 물었다. 합격자를 재검토할 시간이 필요하거나 혹시 번복되어 출근하지 못하게 될까 봐 살짝 불안에 떨었다. 인사담당자는 어리바리 떨어대는 나를 간파하고 왜 다음날 출근해야 하는지와 미리 준비해야 하는 것에 관해 설명해주었다.

학교 울타리 안에서 공부만 하던 사람이라 근로자의 날이 근로기준법에 따른 유급휴일이라는 것도 몰랐다. 잉크가 채 마르지도 않은 증명서류들을 허겁지겁 준비하면서 첫 월급이 찍힌 통장을 상상한다. 그동안 구매하고 싶었던 쇼핑리스트를 떠올리며 있지도 않은 돈에 침을 흘린다. 하지만 두근거림은 오래 가지 않았다.

첫 출근 날 자기소개를 하기 위해 팀장님 꽁무니를 쫓아다니며 사무실 전체를 돌아다녔다. 정확히는 자기소개를 당했다는 말이 맞다. 팀장님이 나 대신 소개를 하고 나는 그저 옆에 서서 겸치 미소를 내보였다. 인사를 나눈 직원들의 인상착의와 이름을 외우기 위해 홈페이지에 접속한다. 벌써 내 이름이 조직도에 올라가 있다니 소속감이 차오른다.

나는 이름을 외울 때 함께 있었던 에피소드가 있어야 입력되는 편이라 숙지속도가 느리다는 걸 회사 생활을 시작하면서 처음 알게 되었다. 대학원에서는 대부분 입학 동기가 쭉 졸업까지 가기 때문에 지도교수님과 관련된 학생 혹은 수업에서 마주치는 학생만 기억하면 되었다. 기존에 근무하던 직원은 한 명에 대한 신상을 기억하면 되지만 나는 다수를 외워야 한다. 게다가 30명이 넘는 직원 얼굴, 이름, 직책, 어느 팀 소속 인지까지 입력해야 한다니 거대 정보가 물밀듯이 들어온다. 실수하지 않아야 한다. 이름을 부를 때 한 끗이 달라지면 누구라도 기분이 좋을 리 없으니까. 그렇다고 "저기요"라고 부를 순 없으니, 당분간은 선생님이라는 호칭을 쓰기로 한다. 그보다 더 난처한 게 바로 직책이었는데 팀장인지 과장인지 헷갈리는 직원이 있다. 분명히 외관상 풍기는 나이와 말투로는 과장님 포스인데 그렇게 되면 세 명이어야 하는 과장이 네 명이 되어서 셈이 안 맞는다. 누가 동안이고 누가 노안인가.

내가 오기 전 전임자가 이미 퇴사했기에 대면으로 하는 인수인계는 없었다. 학교에서 이론으로만 접했던 사회복지와 실제 업무를 하는 건 달랐고 상황 속에서 부딪히며 배우는 게 더 많다는 걸 공부할 때는 알지 못했다. 지끈거리는 관자놀이를 누르며 인계받은 파일을 열어보니 어르신의 이름이 빼곡하다. 일손이 필요한 곳과 일을 하려는 어르신을 연결하는 일을 맡다 보니 60명이 넘는 이름과 파견처 특징까지 기억해야 한다. 그 와중에 새로운 담당이 왔다고 나를 알려야 했는데 어르신들에게 최소 60번은 소개를 한 셈이다. 버튼만 누르면 자기소개

하는 로봇이 되어 일주일을 어떻게 보냈는지 모르겠다.

보통의 날처럼 출근 시간에 맞춰 사무실에 도착하니 문 앞에 줄이 세워졌다. '무슨 일이지? 오늘 회사 행사가 있었던가?' 오만 가지 생각하며 가방을 내려놓는 나를 어르신들이 에워싼다.

"아이고, 이제 오는구먼. 8시부터 한참 기다렸다고."

"어머니, 업무 시작이 9시인데요. 무슨 일이세요?"

"무슨 일이긴. 사인받으려고 왔지. 일 한 지 얼마 안 돼서 모르는가 보구먼."

근무한 시간을 꼼꼼히 확인해 돈을 지급하는 일을 맡았다. 작성한 근무일지를 대조하는 것이 중요하다. 날짜, 시간, 근무 장소를 확인하고 담당자가 사인한다. 아침잠이 없는 어르신들께서는 일찍이 나를 만나고 하루를 시작하려고 나보다 먼저 복지관에 온다는 걸 몰랐다. 오전 내내 내 엉덩이는 의자와 만나지 못했다. 바보 같이 도장으로 시작했으면 됐는데 별 생각없이 확인란에 자필로 사인해서 이번 달은 어쩔 수 없이 가내 수공업처럼 사인으로 마무리 해야한다. 머리가 나쁘면 몸이 고생한다더니 사람은 앞을 내다볼 줄 알아야 한다. 수십 장을 사인하니 연예인이 된 느낌이다. 이 기분도 썩 나쁘지는 않았다.

'잊지 말자. 마감 전 일주일!'을 되뇌며, 김 할머니의 근무일지가 잘못되었다는 것을 발견했다. 이번 달부터 근무 장소가 바뀌었는데, 습관적으로 이전 장소로 적어낸거다. 다리가 불편해서 지팡이를 짚는 어르신을 생각해서 더 꼼꼼히 챙겼어야 했다. 아오, 내가 댁으로에 가서 받아오고 싶은 마음이 굴뚝이다. 전화번호가 어디있더라. 멀리 가지 않으셔야 번거롭게 방문하지 않을텐데.

"어머니, 어디세요? 고쳐 쓰셔야 해서 복지관에 와주셔야 할 것 같아요."

"아이고, 내 다리아파 오늘은 못 간다. 그냥, 선생님이 써주소."전화하기 전에 팀장님에게 어떻게 해결해야 하는지 물어볼 걸 후회된다. 팀원은 어르신이 복지관에 방문을

안 한 것도 아니고 큰 일도 아닌데 다리아
픈 분을 오라 하지말고 대리사인을 하라고
말한다. 원칙이 존재하지만 쉽게 해결하는
방법이 있지만 거짓말을 하는 것 같아 매뉴
얼을 따르기로 선택한다. 무엇보다 편의를
봐주면 비슷한 상황에서 다른 누군가도 바
랄 수 있을테니까. 다행히 다음 날 김 할머
니는 기관 근처를 올 일이 생겨서 다시 작성
하셨다. 죄송하다는 말과 함께 앞으로 바쁘
다고 그냥 가지 말고 꼭 확인받고 나도 꼼꼼
히 살펴보겠다고 이야기했다.

그날 이후로 어르신들과 있었던 에피소
드를 통해 알게된 정보를 매일 기록하는 습
관이 생겼다. 신체적인 특징뿐만 아니라 어
느 분과 친하게 지내고, 사이가 안 좋은지
를 담은 나만의 커닝노트를 만들어 훑어보
고 응대한다. 허리가 아파 병원에 간다던 어
르신에게는 의사 선생님이 뭐라고 했는지
물어보기도 하고 나들이를 다녀왔다는 어
르신에게는 재밌었는지 물어본다.

민폐가 되지 않으려고 했던 질문들은 사

람에 대한 궁금증으로 변하고 면밀히 관찰하게 되었다. 어르신들은 별걸 다 기억한다며 깜짝 놀라곤 했다. 무의식적으로 공대생 모드가 가동된 덕분에 귀납적 탐구 방법으로 어르신들과 친밀한 관계를 형성하게 되었다.

① 현상관찰하기- 어르신 특징 관찰하기

② 관찰, 자료수집 하기- 주변인물 탐색, 행동패턴 수집

③ 자료해석하기- 주변 인물, 이야기, 행동 패턴 해석

④ 규칙발견, 결론도출- 관계도 파악, 상담

그동안 배운 게 똥이 되진 않았구나. 이공계 냄새를 빼기 위해 무던히 애쓰다 보니 통장에 첫 월급이 찍혔다.

계약직×계약직=계약직^2

'띠롱, 띠로롱'

출근하자마자 누가 말 거는 거야. '고쌤~ 바빠요? 괜찮으면 지금 옥상으로.' 메신저로 과장님이 나를 보자며 찾는다. 내가 소속된 팀은 별관 사무실에서 근무했기에 소식이 한 박자 느리게 닿는다. 별안간 무슨 신호인지 머리를 굴려본다. '입사하고 과장님과 업무에 대한 대화를 나눈 적이 있던가?' 아무리 생각해도 나를 찾을만한 이유가 없다. 우리 팀은 팀장님에게 결재를 받으면 팀장님이 한 번에 취합해서 과장님께 결재받는 시스템이기 때문에 과장님과는 점심식사 때 마주치는 것 말고는 접점이 없다.

혹시 내가 실수한 것이 있는지 바짝 졸이며 옥상으로 올라갔다. 일을 해보니 어떠한지 묻는 말에 "하하 열심히 배우면서 하고 있습니다."라며 모범답안을 내놓는다. 이제 과장님이 '그래, 잘 배우고 열심히 해라.' 같은 독려하는 말을 할 차례이다. 나의 의례적인 대답에 예상치 못한 말을 훅 던진다.

"곧 내부적으로 채용공고가 날 예정인데 계약직이긴 하지만 지금보다 급여가 좀 더 괜찮은 자리예요." 이건 전형적인 클리셰에서 벗어나는 건데, 잠깐만 따져 보자. 입사한 지 한 달을 조금 넘겼다. 이제야 적응했는데 또 다른 팀으로 이동해 적응할 수 있을지 판단이 서지 않는다.

머리를 굴리는 소리가 들리지 않게 얌전히 입을 다문 나를 보며 과장님은 입사할 적 면접 이야기를 꺼낸다. 머리털 나고 그렇게 얼토당토않은 답변은 처음 들어봤다고 뒷이야기를 덧붙인다. 당시 우리 팀에서 맡은 사업의 평가를 앞두고 있어서 내가 지원한 자리를 채워야만 했고, 곧 공고가 난다던 자리는 이미 퇴사 얘기가 오갔지만 이제야 마무리되어 채용을 시작한다고 했다.

면접 때 모습으로는 솔직히 반신반의했는데 그간 팀장님을 도와서 평가 준비하는 모습을 보고 대책 없는 친구는 아니라고 생각했단다. 그래서 귀띔해 주는 것이니 잘 고심해보고 소신껏 지원하라고 했다. 옥상에서 은밀하게 정보를 주고받는 모습을 오피스드라마에서나 보았지, 실제로도 그러는

구나. 감상할 새도 없이 간사한 마음이 올라온다. 나를 생각해 알려준 과장님께 고마움과 동시에 업그레이드하는 자리이기는 해도 계약직이라는 사실에 망설여졌다. 탕수육을 소자에서 중자로 크기를 업그레이드해도 같은 탕수육이지 않은가. 아침 식사를 하지 않고 출근했더니 음식으로 치환해서 따지고 앉아 있다. '야, 정신 차려! 객관적으로 생각해 봐. 다른 기관으로 가기 위해서 다시 몇십 개의 지원서를 작성하고 서류전형에 면접까지 통과했다고 치자. 입사하고 또 적응할 수 있겠어? 엉?'

딱히 자리를 옮기고 싶다는 생각은 없었지만 과장님이 옆에서 솔솔 말하니 귀가 쫑긋해졌다. 그냥 그렇게 되었다. 하지만 사실은 나도 모르게 입신양명의 욕망을 품었던 걸지도 모른다. 정규직은 아니지만 지금보다는 나은 그 어딘가의 위치인 조금 더 큰 계약직으로 사이즈를 두 번 업그레이드 한 셈이니 그러면 계약직의 제곱이 되려나. 꿈꾸던 데스크 테리어도 해보지 못한 채 새로운 사무실로 짐을 옮겼다.

어리바리한 나를 보호해 주던 팀장님이 없어지고 새로운 과장님, 팀원들과 합을 맞춰야 한다. 서로 인사하며 몇 마디를 나눠보니 퇴사한 직원과 손발이 맞지 않았음을 감지했다. 인수인계서를 들춰보니 업무 1순위라며 진행해야 하는 일들이 굵게 표시되어 있다. 전임자가 8개월 동안 진행했지만 안정화하지 못했다고 한다. 마무리하지 못한 채 퇴사했다고 하니 불안감이 엄습한다. 한 사람 몫만이라도 해주길 바란다는 팀원의 말이 그동안 힘들어서 나온 진심이었던 거다. 그제야 같은 팀원인 D선생님의 다크서클과 헝클어진 머리의 이유를 알게 되었다.

　내가 맡은 업무는 전수조사를 통해 홀로 사는 어르신 중 안전 확인에 대한 욕구가 있거나 필요하다고 판단되는 어르신 댁에 단말기를 보급해 고독사를 예방하는 일이다. 단말기는 핸드폰 번호처럼 고유번호가 있는 수신형 기기로 특정 버튼을 누르면 담당인력인 생활지원사에게 연락이 가도록 설계되어 전화 및 방문을 통해 위급상황에 대처할 수 있다. 몇 개월간 난항을 겪었던 가장 중요한 문제는 기계 행방이 묘연하다는 점이다. 지원된 200대 중 일부가 파손되면서 선입선출로 급하게 돌리다 보니 어느 집에 무슨 기계가 갔는지 관리가 되지 않았다. 생활지원사가 어르신 단말기로 연락해도 받지 않아 알고 보니 담당자가 잘못된 번호를 알려줬다고 한다. 어르신은 전기요금이 아까워 전원을 빼놓거나 이사를 하며 버리는 경우까지 생겼다. 하나가 꼬이니 계속 꼬여버린 거다. 모든 단말기를 수거하여 제대로 파악한 뒤 어르신별로 전화번호에 맞게 분배해야 하는 상황이다. 바로 잡기 위해 처음부터 다시 하는 방법밖에 없었다.

내 자리 옆으로 전부 회수한 기계들이 즐비하게 늘어섰다. 전화번호가 붙어 있지 않아 수작업으로 전화를 걸어 어떤 기계에서 나는 소리인지 들으며 하나하나 번호를 추적해 나갔다. 사용하지 않더라도 매일 요금이 과금되기 때문에 하루라도 빨리 끝내야 한다. 무엇보다 확인하는 사이 어르신에게 안 좋은 일이 생긴다면 나뿐만 아니라 전체가 곤란해진다. 이로써 야근이 당첨되고 전화기를 붙잡고 착신이 가는지, 전화 번호가 맞는지 써 내려간다. A/S센터를 차렸냐며 농담하는 직원 뒤로 전화벨 소리가 울리고 끊기고를 반복한다. '확씨, 나도 울어 버릴까보다.'

엉켜버린 상황이 내가 만들어낸 잘못은 아니지만 대놓고 "전임자가 일을 이상하게 하고 나가서 그렇잖아요."라고 남 탓을 할 수 없어 부끄러움은 온전히 나의 몫이다. '아니 왜? 대체 왜? 진짜 왜?'라고 곱씹어봤자 그 사람은 없다. 아니 근데 도대체 왜 전임자는 처음부터 기록을 제대로 하지 않은걸까. 이 정도는 괜찮을 거라 안일하게 넘겼기 때문이겠지 안봐도 비디오다. 하지만 후임자는 다채롭게 고통받는다. 제발 상식적으로 일하자.

역시 자본주의 사회에서 돈을 더 주는데에는 이유가 있다. 그 만큼 업무가 버라이어티할 줄이야. 일도 급여도 배로 늘어나 버린 게 계약직의 제곱근 공식에 딱 들어맞는다. 한 달밖에 같이 근무했을 뿐이지만 팀장님

울타리 안에서 삐약거리던 시절을 떠올린다. 힘들 때 엄마가 보고 싶은 것처럼 마음속으로 불러본다.

'팀장님, 보고 싶어요.'

돈은 내가 벌게
나는 누가 챙길래

해가 질 무렵 어둠이 붉은 해와 어두운 밤이 만나는 시간. 나를 공격하려고 걸어오는 늑대인지 내가 기르는 개인지 분간이 어려운 개와 늑대의 시간. 퇴근해야하는 시간인지 다시 업무를 하기 위한 시간인지 헷갈리는 그 시간 18시. 하늘 아래 야근하는 이유는 천차만별이다. 상사가 야근하는데 퇴근한다고 눈치 주는 회사 분위기라면 대게 '라떼는 말이야' 레퍼토리로 시작한다.

"선생님아, 지금은 컴퓨터로, 엑셀로 편하게 일하지? 나는 예전에 주판을 두드리면서 손으로 기안문 쓰면서 일했어."

호랑이도 요즘 세대라서 전자담배 피는 시절인데 조선시대 곰방대 피는 시절을 이야기하면 곤란하다. 현재의 처우가 과거보다 좋아졌다는 상대적 비교는 세대 간격을 좁히기 어렵게 한다. '엄마는 학생 때 엉덩이도 안 떼고 공부했어!'라고 말하는 부모보다 옆에서 같이 책을 읽어주고 어려움이 없는지 살펴봐 주는 게 더 힘이 된다. 자식은 우리 엄마가 그 시절에 엉덩이를 뗐는지 잠을 잤는지 하나도 궁금하지 않다. 조언과 잔소리는 한 끗 차이이다. 조언은 상대의 행동이 바뀌지 않더라도 실망하지 않고 건네는 말이라면 잔소리는 상대가 내 뜻대로 바뀌기를 강요하는 말이다. 경험이 많은 분들과 이야기를 나누고 돌아서서 기분이 뿌듯해졌던 기억이 누구나 한 번쯤 있을 거다. 받아들이는 건 상대의 몫이라고 인정하는 소통 방법은 그 사람과 또 대화를 나누고 싶게 만든다. 지속해서 일할 방법을 함께 고민하고 과거의 영광과 추억은 일기장에 남기자.

사회복지사는 일의 특성상 야근이 많은 편이다. 낮과 밤의 업무가 분리되어 해가 떠 있을 때는 입으로 해가 지면 손가락으로 일한다. 기관을 이용하는 사람을 정신없이 상담하고 응대하다 보면 벌써 퇴근 시간이다. 행정 서류를 바로 정리하지 않으면 기하급수적으로 쌓이고 다음 날에는 할 수 없어 일이 밀린다. 외부에서 들어오는 갑작스러운 자료요청처럼 예측 불가인 일도 야근에 한몫한다. 그래서 온전히 일에 집중하고 빠르게 끝내기 위해 어쩔 수 없이 저녁에도 사무실을 지킨다. 일을 제시간에 마치지 못하는데 여러 이유가 있을 테지만 내가 그동안 봐온 프로 야근러들은 개인의 업무능력과 처리 속도 때문에 늦은 밤까지 일을 하다가 만성적인 야근으로 발전한 경우가 많았다. 처음에는 열심히 해보려고 늦게까지 남아서 일을 했겠지만 결국은 근무시간을 9 to 6로 설정하는 게 아니라 저녁 6시부터 본인 업무시간으로 생각하고 낮 시간을 보낸다. 나중에 하려고 미루는 마음은 악순환이 되고 늦은 퇴근은 오히려 집보다 사무실이 더 편안한 상황이 돼버려 어차피 시간이 많다는 생각에 집중하기 어렵다.

내가 야근하는 이유는 조금 달랐다. 출장 다니며 외부에서 해야 하는 일과 사무실 안에서 꼼꼼히 예산을 따지는 일을 동시에 맡아서였다. 우리 팀은 나와 팀장님이 한 팀이었고 기관에서 새로 시도해 보는 주민공동체 사업을 인큐베이팅하고 정착하는 데까지 그림을 그려가고 있었다. 함께 일하던 팀장이 육아휴직에 들어가게 되면서 이제

갓 졸업한 새내기 사회복지사와 일하게 되었다. 이전에는 각자의 경력을 합해 9년 정도였지만 이제는 경력을 반올림해도 4년이 안 되는 상황이 된 것이다. 산술적으로 계산해봐도 둘이서 업무를 소화하기 쉽지 않아 보였다.

후원자들이 기관에 후원하는 이유 중 하나가 투명하게 운영되리라는 믿음 때문이다. 후원사업은 신뢰와 직결되는 일이라서 경력이 있는 직원이 담당하는 경우가 일반적이다. 팀이 재편성된 후, 기관에서는 신입직원에게 후원금과 후원자 관리업무를 맡겼고 잦은 실수로 후원이 끊기는 일이 발생했다. 초년생 입장에서 돈이 왔다 갔다 하는 상황이 부담스러웠을 것이다. 좋은 관계를 유지하기 위한 부드러운 의사소통 스킬이 필요한데 이 부분에서도 어려움을 겪었다. 신입직원은 하루가 멀다고 과장님에게 지적받으며 사무실 분위기는 냉랭해진다.

우여곡절 끝에 내가 팀장 대리를 맡게되어 팀원이 하는 일을 먼저 체크해서 넘겨줘야 하는 포지션으로 바뀌었다. 외근이 잦다

보니 일을 마치고 들어오면 내일의 업무를 위해 미리 해놓지 않으면 그 친구는 나를 기다리며 멀뚱멀뚱 시간을 보내기 십상이다. 일을 주기 위해 일을 하는 모습. 쳐내지 못한 서류는 쌓이고 오늘은 짧고 쳇바퀴가 돈다. 나도 돈다. 돈을 적게 벌어도 좋으니, 야근을 죽어도 안하고 싶은데 연장근로수당을 받기 위해 야근을 한다는 뉴스를 보며 이해가 가지 않았다. 고3 때도 이렇게 열심히 살지 않았는데 다 늙어서 이렇게 몸을 갈아넣고 있다.

피곤이 몸에 쌓여 제정신이 아니긴 한가 보다. 뇌에서 주는 신호를 받아들이지 못해 키보드 위에서 손가락이 꼬여 자음과 모음이 해체되어 타이핑한다. 나는 분명 '계획서'라는 단어를 치려고 했는데 문서에 '혜괵서'라고 찍혔다. 이 정도 증상이 나오면 머리가 마비되기 직전이기 때문에 무조건 잠을 자야 한다. 에너지 총량이 정해져 있어서 주말에는 아무것도 하지 않고 에너지를 저장하는 시간이 필요한데 마음 같아서는 고속충전기에 나를 연결해서 빠르게 충전하고 싶다. 끝이 보이지 않는 일을 7개월 동안 붙잡고 새벽이슬을 맞으며 울며 퇴근했다. 주변에서도 '조금만 지나면 괜찮아 질 거야.'라는 말을 믿으며 둑이 터진 곳을 온몸으로 막아보려 허우적거렸다.

3년마다 찾아온다는 권태로움인 줄로만 알고 마음을 들여다볼 생각조차 하지 못했다. 사명감이라는 글자로 덮어두고 있었던 번 아웃이 찾아왔다. 허덕이는 모습의 결말은 다음 날 아침 사무실 바닥에서 내가 쓰러진 채 발견되는 모습이라는 생각이 들었다. 그래야만 끝날 것 같았고 그게 가장 빠른 길 같았다. 점점 나쁜 생각이 들면서 한계에 도달한다. 아직 배워야 할 게 한창인데 '내가 이렇게 나약해 빠진 사람이었나.'라며 스스로 실망하고 자책했다. 갑자기 그만둔다면 어떻게 될지 상상한다. 벌려놓은 일이 수습되지않는 장면과 매번 혼나는 팀원이 아른거린다.

출근길 지하철 안에 사람이 배곡하지 않은데 오늘따라 유난히 숨 쉬는게 힘들다. 걸

치고 있는 외투, 가방, 신발까지 벗어 던지고 어린아이처럼 "으앙"하고 울고싶다. 공중도덕과 욕망 사이에서 갈등하는 사이 이마부터 시작된 식은땀은 목덜미까지 얼굴 전체로 번진다. 숨이 막히는 느낌이 드는데 아직 살아는 있는 걸 보니 코로 공기는 들어오나 보다. 여름도 아닌데 등까지 땀범벅이 되었고 오한이 든 것처럼 춥고 떨렸다. 지하철 역에서 회사까지 걸어서 10분 거리인데 물먹은 스펀지처럼 몸을 움직이기가 어려워 30분이 걸려서 겨우 도착했다. 과장님은 얼굴이 새하얘진 나를 보며 깜짝 놀라 연차를 쓰라고 할 정도였다. 물리치료실 침대에 누워봤지만 나아지지 않았고 심장이 귀 옆에 있는 것처럼 쿵쾅거린다. 응급실로 실려가 여러 검사를 했지만, 거짓말처럼 병원에 도착하니 증상이 사리지고 의사선생님도 조금 전까지만해도 바들거리던 사람이 정상 수치를 나타내며 멀쩡해진 모습에 갸우뚱한다.

당시에는 과로해서 몸이 힘든 거라 생각했다. 의사진단을 받은 건 아니지만 몇년이

지나 생각해보니 꾀병같아 보였던 그 증상은 공황장애가 아닐까 추측한다. 불안한 직업적 가치를 높게 두고 시작했던 일이지만 그만큼 내 에너지는 고갈되고 있었다.

일주일 후 엄마가 차려준 아침밥을 먹다가 갑자기 눈물이 터져 나온다.

"엄마, 나 회사 그만 둘래."

엄마의 묵묵하고 덤덤한 반응에 왠지 모를 미안함과 스스로에 대한 서운함 때문에 콧물까지 쏟아져 나온다. 앞뒤 보지않고 열심히 했다. 그러면 상황이 다 해결이 되리라 생각했다. 하지만 그 '열심히'가 나를 열심히도 갉아먹고 있는 줄 몰랐던 거다.

상사에게 어려움에 대해 말을 안해본 것은 아니다. 어떤 친구들은 상사와 의견갈등이 생기더라도 저항하고 버티며 자신을 보호한다. 하지만 나는 상황이 나아지기 어렵다고 스스로 판단해 포기를 선택했다. 개선될 수 없는 상황에 심신이 지쳤고 해결을 위한 에너지마저 없어 더 적극적이지 못했다. 가장 손쉽게 해결하는 방법은 나만 마음을 다잡으면 된다고 생각해 참는방법을 선택했고 번 아웃으로 활활 타올라 퇴사했다. 책임감이 강한 성격은 쥐고 있는걸 놓아버리지 못하고 채찍질을 하다보니 번 아웃이 오기 쉽다.

자신과 타인을 지키는 균형이 갖춰져야 일할 맛 나는 직장이 되고 복지 대상자가 받는 서비스의 질도 따라서 높아진다. 조직에서는 사명감과 소명 의식으로 포장하여 지나치게 요구하지 않는지 경계하고 자신도 일에 매몰된 원인을 찾아야 한다.

몸과 마음이 힘들 때까지 혼자 끙끙거리지 말고 주변에 요청을 해보기를 바란다. 안되어도 또 이야기해 보고 요구해 보며 자신의 상황을 알리기를 바란다. 사회복지사가 적은 급여를 받고 희생하는 걸 당연하다고 생각하지 말자. 자원봉사 하러 온 게 아니라 엄연히 직장에서 일한 대가로 급여를 받는 근로자이다. 돈보다 내가 먼저다.

서당 개
삼년이면

'서당 개 삼년이면 풍월을 읊는다.'라는 말이 있다. 여기서 서당 개 입장도 한 번 더 생각해 봐야 하는 게 요즘 서당 개는 삼 년이 되면 서당을 떠나는 추세라서 거꾸로 서당개 입장도 들어봐야 한다. 다음 달이면 나는 서당에 근속한지 삼 년이 넘는 댕댕이가 된다. 입사와 퇴사가 잦은 회사였는데 어느덧 안정화가 되어 막내 직원이 입사한 지 1년 반이다. 구성원 조합이 이렇게 되면 과장님이 회의할 때 서로 눈만 봐도 분위기를 감지하여 각자 어떤 표정과 반응을 해야 할지 안다. 언제 나서야 하고 잠자코 있어야 하는지 그 미묘한 타이밍을 말초 세포로 감지하는 연차들이 된 거다. 그러다 보니 다른 부서여도 서로 눈치껏 도울 수 있어 매일이 안온하다.

예전이라면 멘탈이 흔들렸을 일도 평온함에 젖어 타격감 없는 몇 달을 보냈다. 내년에도 이렇게 안정적이면 좋겠다 싶지만 한편 지루함도 든다. 엇비슷한 연차들이 많다 보니 승진을 기대하기는 어려워 불안하다. 막연하게 무언가 새로운 일을 시작하면

성취감이 생겨서 괜찮아질 거 같았다. 과장님은 그런 마음을 간파했는지 난이도가 있는 업무를 제안했다. 어르신이 주로 이용하는 노인복지관을 지역주민으로 영역을 넓히는 일은 기관에서도 새롭게 하는 시도이다. 개척해 나가는 어려움이 눈에 그려진다. 자신만만 한건 아니었지만, 그냥 재미있어 보였다. 주민들이 교육받고 재능기부로 우리 동네에 프리마켓을 열고 사회공헌하기까지의 그림을 그렸다. 어디서부터 주민을 찾아야 할지 몰라 막무가내로 매일 공원, 놀이터, 지역 모임 공간으로 사람들이 모여있을 만한 공간을 찾아다녔다.

봄이 왔지만, 겨울만큼 추웠던 2월, 우리가 하려는 일을 알리기 위해 꽁꽁 언 손에 입김을 불면서 그렇게 한 달을 보냈다.

"노인복지관은 어르신만 이용하는 거 아니에요?", "어렴풋이 위치는 알고 있지만 출입할 수 없다고 생각했어요."라며 어르신이 아닌 주민과 무언가를 함께 하려고 한다는 사실을 신기해했다. 기념품만 받고 자리를 뜨거나 방문 판매원으로 보는 시선을 느끼

다가 오랜만에 보이는 호의적인 반응에 열심히 설명한다. 누군가 길거리에서 홍보할 때면 대부분 받거나 거절할 때에는 가벼운 인사로 대신한 뒤 걸어가는 편이다. 그 때의 내가 생각나서.

　많은 사람은 아니었지만, 주민 한 명이 또 다른 한 명을 데리고 오면서 5명이 모였다. 자녀가 같은 학교에 다니는 학부모들로 좋은 취지에 공감하며 시간을 내어준 것이다. 돈으로 후원하는 것보다 시간을 내어주는 건 꾸준히 마음이 동해야 하므로 어려운 일이다. 지속해서 참여하도록 만드려면 모이는 게 즐거워야 한다. 프리마켓이라는 큰 목표를 위해 주민들이 주도적으로 계획하도록 나는 나서지 않았다. 처음에는 일을 제대로 하지 않는 것 같아서 뒤로 빠져있기가 어려웠다. 시간 내에 빠른 결과를 내려면 가이드를 주면 될 테지만 과정을 거치면서 느낄 수 있는 것들을 앗아간다. 구성원의 결속력은 내가 만들어 내지 못한다. 결국, 시간을 쌓아야 한다. 우리가 하는 일에 대해 방향성을 공유하면서 계속해서 물음표에 따른 답을 찾아 나갔다. 무엇을 판매할지, 그러기 위해선 어떤 교육이 필요한지 구성원끼리 의논하고 담당자에게 필요한 교육을 요청한다. 그럼 나는 강사를 섭외해 원활한 교육이 되도록 돕는다. 주민들은 여러 차례 거쳐 액세서리, 천연비누 등을 만들었고 개인 일정이 생겨 모두 모이기 어려운 경우에는 배턴터치 하듯이 따로 시간을 내어 각자 만들다 가기도 했다. 우리의 공간은 항상 북적였다.

첫 프리마켓에서는 물건이 많지 않아 판매가 부진했지만 의외의 홍보 결실을 보았다. 참여하고 싶다는 사람이 생겨나 7명이 된 거다. 사람이 늘어나니 어려움을 돌파하기 위한 여러 가지 의견이 나온다. 품목이 풍성하지 않아 아쉬웠다는 피드백에 아이들까지 동참해 만들었다. 주변 인맥을 통해 후원을 늘리며 모두가 잘되기를 바랐다. 우리는 시간을 공유하며 담당자, 참여자로 구분되는 경계가 사라졌다. 나도 사회복지사로서 해야 할 역할을 찾아 나섰다. 인근 모든 중학교에 연락을 취해 협업할 궁리를 했다. 마침, 한 곳에서 학생들이 천연비누를 만들 줄 알아서 기부도 받고 마켓에도 함께 하기로 약속했다. 복지관 안에서만 머무르던 시야는 동네로 넓어지고, 어르신에 국한된 대상은 확장되었다. 인근 공원에서 프리마켓을 열면서 자영업자의 어려움을 간접적으로 경험했다. 매번 스타렉스 두 대에 물건을 빼곡히 실으면서 테트리스의 신이 된다. 다들 엄청난 영업력도 생겼는데 구매를 주저하는 사람에게 슬쩍 덤을 얹어주거나 이리저리 옷을 대보는 사람에게는 '돈 내는 거 아니니 일단 걸쳐나 보세요.' 스킬까지 섭렵한다.

　갑작스러운 비바람에 천막이 날아가고 물건이 젖어 망가지기도 했다. 날이 좋아서 구경하는 사람은 많은데 판매할 물건이 적어 아쉽기도 하고, 추운 날씨에도 바리바리 싸들고 나가면 사람이 없어서 고민이다. 비 오면 소금을 파는 아들을 걱정하고, 해가 뜨면 우산을 파는 아들을 걱정하는 마치 우산 장수와 소금 장수 이야기 속 어머니 마음이다. 사실 금액이 많이 모이면 후원 규모가 커져서 좋지만, 7명의 주민은 혜택을 받는 것도 아닌데 마음을 다한다. 결속력이 점점 끈끈해지는 모습을 보며 측정할 수 없는 가치에 대해 생각하게 되었다.

여섯 번의 프리마켓을 했고 매회 150만 원 정도 수익을 거뒀다. 가장 비쌌던 물건이 5,000원이었으니 정말 열심히도 했다. 가득 채웠던 물건을 모두 팔고 텅텅 빈 차로 복지관으로 복귀하곤 했으니 말이다.

수익금을 확인 할 때에도 항상 함께 했는데 처음부터 끝까지 그들이 주인임을 온전히 느꼈으면 하는 마음에서다. 어느 시설에 기부할지에 대해 생각을 제시하고 합의하는 과정을 거쳤다. 나는 주민들에게 스며들어서 얼마나 애정을 갖고 이 일에 임했는지 온 몸으로 알고 있었다. 하지만 결재권자는 과정보다 보고서에 적힌 수치가 와닿았을 거다. 계획했던 열 명의 인원 중 일곱 명에 그쳤기에 '참여율 70%'라는 숫자로 표기되었고 그들이 헤쳐 나간 과정을 짧은 문장으로 담기에는 어려웠다. 상사는 교육에 참여한 인원이 왜 적은지 이유를 묻는다.

사실은 몸이 불편한 자녀때문에 불시에 발생하는 일때문에 공지된 시간에 참여를 못해서였다. 그들은 책임감을 갖고 보완하기 위해 서로 알려주었고 결국은 성공적으로 마무리했다.

서류상 한계때문에 구구절절한 과정보다 임팩트 있는 한 줄을 원할 때가 많다. 보여주기에 치중한 타이틀에 서운함이 든다. '판매 금액 800만 원을 OO시설에 후원'이라는 문구보다는 '처음 주민이 중심이 되어 한 일'이라고 강조한다면 어땠을까.

애초에 이 사업은 과정에 무게를 두고 봐야 한다고 누누이 이야기해 왔지만, 수용되기는 어려웠다. 구성원들이 지금까지 온 여정을 격려해 주며 관심을 가져주기를 바랐다.

열 명 중 일곱 명의 주민.
삼십 명 직원 중 한 명인 나.
어쩌면 회사가 나를 그렇게 바라봐주길 바라는 마음이었을지도 모르겠다.

이 옷,
나랑
어울립니까?

작다고
쉽지 않습니다

경력단절 기간을 보내고 취업 판이라는 퀘스트에 입장하기까지 흔들리는 마음을 잡기 어려웠다. 여러시도를 해보았지만 표면적으로 '실패'라는 단어로 설명되는 건 억울하지만, 객관적 결과는 그게 맞으니까. 아직 회사를 지키고 있는 동료들은 많은 경험을 쌓으며 승진했다는 소식이 들린다. 나이가 많아 첫 직장에 입사할 때 불안했던 마음보다 지금이 더 위축되고 두렵다. '뒤처진 내가 일할 곳이 있을까?' '무슨 자신감으로 퇴사했던가'라는 생각과 숨이 막혀 죽을 거 같아 퇴사할 때의 마음을 저울질해 본다. 아무리 생각해도 잘한 결정이라고 후회는 없다고 되뇌어도 물이 졸졸 새서 가벼워진 통장잔고를 보자니 이상하게 눈에서 찝찌름한 물이 나온다.

'나 돈 좋아해! 돈 벌어서 쓰고 싶다!'
생각의 굴레를 끊는 데에는 금융치료가 직빵이다. 오랫동안 일을 쉬었더니 회사에서 매달 주는 월급을 다시 받고 싶어졌다. 회사를 다니면 그만두고 싶고, 쉬면 일하고 싶고, 어느 장단에 맞춰야 할지 모르겠다.

채용공고를 하나하나 클릭해서 살펴보니 소규모 기관 한 곳이 눈에 들어온다. 이전 근무지와 가까워 적응하는데 어렵지 않고 심지어 정규직을 채용하는 자리이다. 하지만 나의 경력을 전처럼 인정받을 수 없어 급여가 적은 자리라는 게 마음에 걸렸다. 몇 개월만 지나면 사회복지사로 일을 안 한 지 햇수로 3년이 된다. 시간이 더 지나버리면 정말 오도 가도 못할까봐 겁난다. 코로나19 이슈로 퇴사하려고 마음먹은 사람들이 사태를 지켜보게 되면서 채용시장이 얼어붙은 상황도 한몫했다. 이것저것 따져가며 가릴 처지가 아니다. 이공계 DNA가 발동하여 재빨리 산술적으로 수치화 해본다.

첫 직장에서 일이 넘쳐났던 원인을 파악해 보았다. 직원이 삼십여 명이 넘어서 업무 총량이 많아서 내게 할당된 일도 당연히 많았던 거다. 고로 직원이 열 명 이하인 직장은 일이 적을 것이다. 일이 적으면 워라밸을 지킬 수 있다. 그렇다면 번 아웃 걱정 없이 일하면서 자기 계발도 할 수 있는 거라고 결론을 내렸다. 그렇게 냅다 지원서를 제출하고 일주일 만에 출근했다. 팀이라고 묶여있기는 하나 나, 과장님, 관장님 순으로 결재라인이 옹기종기 모여있다. 이전 회사에서는 다섯 단계를 거쳐야 하는 결재체계 때문에 결재판들이 아침부터 줄을 섰다. 모두 일이 바빴고 굵직하게 결정해야 하는 것이 많아 한 번 결재 받으려면 최소 1시간은 대기했다. 빨리 결재받기 위해 출근하자마자 오픈런을 했지만, 밀려난 직원은 오후에도 못받기 일쑤였다. 다음날 결재 상위권을 놓치지 않기 위해 야근을 해서 잔업을 마친 뒤 결재판을 올려두고 퇴근하는 기이한 현상까지 발생했다.

결재권 위임을 허용하지 않아서 결재권자 중 두 명이 번갈아 오전, 오후 출장을 가게 되면 그날은 셔터를 내려야 했다. 급하다는 이유로 결재 새치기를 할라치면 '너만 바쁘냐, 나도 바쁘다.'며 눈을 세모나게 뜨고 째려봤다. 반면에 지금 회사는 소소한 규모만큼이나 간결한 결재 과정 덕분에 쓸데없는 소모전이 줄어서 효율적이기까지 했다. 적은 인원으로 많은 일을 분담해야 해서 효율적인 환경이 만들어진 것이다.

　복지관은 보건복지부 가이드라인에 따라 필수로 해야 하는 기본 사업들이 있다. 인력이 많은 큰 규모의 기관이라면 새로운 시도를 해볼 여력이 있지만 지금은 정반대 상황이다. 인력이 줄어든다고 업무 총량은 줄어들지 않고 핸들링하는 업무가 많아 정신이 혼미하다.

　전 회사에서는 메뚜기처럼 8개월마다 부서를 옮기며 적응해 왔다. 스트레스는 많았지만, 새로운 것에 도전하는 맛이 있어서 나름 적성에 맞긴 했다. 그렇게 큰소리친 메뚜기는 작은 곳이 편할 거라 안일하게 생각한 탓에 머리털을 쥐어뜯고 있다. 메뚜기에서 사마귀로 흑화한 시절의 내 업무노트를 들여다보자면

AM 08:30 출근
　09:00 오늘 할 일 확인, 카카오채널 확인
　09:30 아침 회의, 결재받기
　10:00~12:00 무료급식 보조, 어르신 상담

PM 12:30~13:30 점심시간

14:00 수업이 잘 진행되는지 기관 돌아보기

14:30 유튜브 편집, 온라인수업 보조, 강사상담

15:00 수업종료, 교실에 남은 사람 없는지 확인

15:30 특이사항 보고 및 공유, 행정업무

16:30 홈페이지, 카카오채널 문의 응대

17:00 수업 미참여 어르신 유선연락

17:30 유튜브 운영 관리, 일지 작성

18:00 실적입력, 못다 한 업무처리 등

일하는 8시간을 나노단위로 쪼개 계획을 세운다. 간간이 신규회원 등록을 위한 안내와 코로나19 확진자가 발생하면 동향 보고서도 작성해 구청에 제출한다. 조금 숨을 돌리려고 하면 온라인 화상수업이 제시간에 송출되도록 자리에서 대기하다 수업 시작 10분 전으로 맞춰 놓은 핸드폰 알람 소리를 듣자마자 링크 보내기 등 셀수 없다. 어찌나 정신이 없었는지 알람 소리를 전화벨로 착각해 허공에다 '여보세요? 말씀하세요!'을 수차례 외치기도 했다.

수업은 강사가 하는 건데 굳이 사회복지

사가 이렇게까지 하는지 의문을 가질 수 있다. 신경 쓰지 않아도 수업은 시작되고 끝이 나지만 나의 일이 아니라고 생각하는 순간, 질서가 무너진다. 코로나19가 아니었던 때에는 수강생의 고충과 불만을 듣기 위해 수업시작 전, 교실을 둘러보곤 했다. 분위기를 관찰하면서 소수의 편향된 의견인지 파악하고 강사에게 조심스럽게 전달하기도 한다. 담당자가 독려하고 조율도 하면서 참여율을 높이기 위해서다.

기관 안에서 일어난 대부분의 행위는 숫자로 표현된다. 성과관리의 투명성을 위해 측정 가능한 것을 실적화하기 위해서다. 년초에 세운 계획과 연말까지 도달한 달성도를 분기별로 점검하는데 예를 들어 상담을 진행한 건수, 교육 참석인원처럼 발생한 모든 것을 합산한다. 매일 복지관에서 일어난 일들이 숫자로 표현되고 주별, 월별로 누적한다. 그렇게 열두달이 모여 한 해의 실적이 되기 때문에 실적을 마감할 때는 팀원끼리 대조검토를 통해 정확하게 마감한다. 은행원이 시제를 맞출 때까지 퇴근을 못하듯 실적이 꼬인 부분을 아무리 찾아도 안 보여서 야근하기도 하는데 오늘이 바로 그날이다.

　이제는 기계도 못 믿겠다며 엑셀을 불신하고 손으로 계산기를 꾹꾹 눌러본다. 미적분과 기하를 풀 줄 알면 무엇하나 당장 덧셈, 뺄셈을 못 하고 있는데 말이다. 찾았다! 지난 달은 엑셀 수식이, 이번 달은 삐끗하여 숫자키를 잘못 누른 내 손가락 문제였다.
　'이놈의 손꾸락.'

주인이
사라진 집

작은 복지관은 동네 사랑방처럼 장소에 정겨움이 묻어나 있다.

"거, 오후 한시에 복지관 앞에서 만나!"

복지관은 약속을 잡기 위한 랜드마크이기도 하며, 함께 수업을 듣는 어르신들의 이야기가 머무는 곳이다.

"어머니! 저번에도 말씀드렸는데 교실에서 간식을 나눠 드시면 안 된다니까요.", "알았어! 알았다고, 이런 재미로 나오는 데 너무 그러지 말어."

제지하는 직원과 허허 웃으며 멋쩍어하는 어르신이 옥신각신하는 모습은 사람 냄새가 난다.

코로나19가 휩쓸어버린 기간이 1년이 넘고 잦아드는 기미가 보이지 않자 여러 변화가 생겼다. 항상 열려있어서 누구나 이용할 수 있던 복지관은 주인이 사라진 채 직원만이 이곳을 지킨다. 사람이 드나들지 않는 집이어도 낡고 먼지가 쌓인다. 갑작스럽게 휴관이 결정된 탓에 처음 몇 달은 야반도주한 집처럼 주인의 물건들이 있었다. 탁구장 입구에 놓인 이름 없는 실내화는 당장이라도 누가 신을 것만 같이 놓여있다. 매일 와서 운동했기에 당연히 이름을 쓰지 않았던 거다. 정리해 보려 하지만 곧 재개되리라는 마음에 결국 손대지 못했다.

복도에 걸린 멋들어진 수묵화는 입사하는 날부터 왠지 마음에 들었다. 작품을 그린 어르신에 대해 이야기는 들어봤지만 입사할 때 이미 휴관이었기 때문에 한 번도 얼굴은 뵙지 못했다. 백신 접종하러 가는 길에 탁구화를 가지러 들렀다는 어르신 말에 따르면 얼마 전 돌아가셨다고 한다. 자신도 지병때문에 코로나19 백신을 맞기가 걱정된다는 말과 함께. 탁구화는 주인을 찾았지만, 수묵화는 주인을 잃었다. 과거 나는 여기에 없었지만, 옛날을 추억하는 분들 덕분에 이곳의 모습을 더듬어 상상한다.

출근하기 전부터 눈이 소복하게 쌓이던 날, 코로나19 방역 지침 때문에 환기를 하려고 열어놓은 창문 틈 사이로 툭 소리를 내며 무언가 떨어졌다. '복지관 직원 귀하'라고 쓰인 봉투 안에는 힘 있는 붓글씨로 '입춘

대길 건양다경(立春大吉 建陽多慶)'이 적힌 한지가 들어있다. 관장님은 보자마자 짐작이 가는지 이름을 적어 건넨다. 매년 복지관 입춘방을 담당했던 서예반 어르신이라며 전화를 드리라고 한다.

어르신은 "매년 해왔던 것을 거른다면 우리는 영영 만나지 못할 것 같았다."고 이야기하며, 입춘 전에 붙일 수 있도록 아침부터 날씨를 살펴보다가 눈이 멎어가는 때를 보자마자 집을 나섰다고 한다. 자신이 생각해도 방역 수칙을 지킨 기발한 비대면 전달 방법이지 않느냐며 웃음짓는다. 봄의 시작을 알리고 태평하고 좋은 소식이 들리기를 바라는 마음, 집을 범하려는 나쁜 기운이 들어오지 않기를 바라는 마음. 주인인 어르신 모두 같은 생각으로 간절히 바란다.

아침에 있었던 일을 예쁘게 카드뉴스로 꾸며 카카오채널로 소식을 전송하자마자 수십 개의 댓글이 달린다. '복지관은 아직도 휴관이에요. 코로나 조심하세요. 마스크 착용하세요.'처럼 매번 힘 빠지는 정보만 받아보다 오랜만에 반가운 소식에 댓글이 점점 늘어난다.

　손바닥만한 스마트폰 안에서 서로의 댓글을 확인한다. 프로필로 설정된 이름만 보일 뿐인데 현실에서 만난 것처럼 반가워하고 잘 살아있느냐며 이야기한다. 자신과 가족을 위한 이야기보다 아프지 않고 복지관에서 만나자는 바람이 대부분이다. 직원 수고에 대한 고마움도 잊지 않는다. '우리를 의지하고 있구나.' 코로나19 때문에 지쳐있는 직원 모두 힘을 받는다. 여러 시도를 해보고는 있지만 이게 맞는지 반신반의한 마음을 사명감으로 지켜내며 여기까지 왔다. 우리는 돈을 받고 하는 직업이라 일이 힘들어도 버틸 수 있었지만, 어르신들은 생활이 흔들렸다. 우리 모두 처음 겪는 이 상황 속에서 서로 힘내자는 말밖에 할 수 없었다.

　오늘은 취약계층 어르신들에게 대체식을 제공하는 날이다. 이전에는 매일 오셔서 무료식사를 했지만, 정부의 거리 두기 지침 때문에 주 2회 외부에서 대체식을 전달한다. 조리된 반찬도 있지만 데워 먹을 수 있는 즉석밥, 레토르트 음식이 대부분이다. 무거운 짐을 내려놓고 숨을 고르는 어머니에게 어떻게 지내고 있는지 묻는다. 어르신은 발달 장애가 있는 중년의 아드님과 함께 살고 있다. 자녀가 어렸을 때는 양육하느라 성인이 되어서는 보호하느라 자신이 바깥 활동을 한다는 건 꿈을 꿀 수 없었다. 멀리 있는 큰 복지관이 좋다해서 다녀도 봤지만 오랫동안 집을 비우는 것은 아들에게 무슨 일이 생길까 싶어 부담스러웠다. 오히려 규모에 압도되었고 죄다 동서남북에서 온 모르는 사람들만 있어서 소외감이 들었다고 한다. 그러다 윗집 어르신과 친해지면서 이런저런 이야기를 하다 작은 복지관이 있다는 걸 알게 되어 같이 가자는 말에 다시 한번 밖으로 한 걸음 떼는 용기를 만들었다.

   "이제는 내 집같이 정이 붙어서 여기 없으면 안되는데" 이사 온 지 꽤 되었어도 혼자서는 마음먹기가 그렇게 어려웠다는 어르신 손을 잡아드린다. 돌봄을 받아야 하는 어머니가 돌봄자가 되어 손끝이 굽을 때까지 보낸 세월을 짐작하게 했다. 아드님을 돌보기 위해 주민센터와 연계된 돌봄인력이 방문하지만 가뜩이나 거리두기수칙 때문에 시간이 줄었다고 한다. 상황이 나아지지 않는다면 혼자 감당은 어렵다며, 다시 복지관을 즐겁게 올 수 있을지 걱정한다. 그렇게 이곳은 누군가에게 숨통을 트이게 만드는 창구이다.

주인의식을 다른 형태로 표현하는 분도 있다. 코로나19라는 녀석의 정체가 명확하지 않아 두려움의 존재였을 때다. "다음 주면 복지관에 갈 수 있습니까?" 복지관 직원이면 다 알 거라는 생각에 정부의 계획을 묻는 것인데 아마도 위에서 하달되는 정보를 알면서도 말하지 않는다고 생각했나 보다. "아직 전달 된 바가 없어서 다음 주는 확답드리기 어려워요."라며 같은 말을 반복하며 앵무새가 된 내게 "나랏돈 받으면서 왜 그것도 모르냐."고 타박한다. 전화로 한참을 말해도 믿지 않고 방문할 테니 제대로 설명하라며 강하게 말한다. 확진자 수가 많아 위험하다고 만류했지만 소용없다.

이럴 땐 만나서 차분하게 해결해야 한다. 확산 예방을 위해 건물 밖에서 이야기하는 이 상황이 진지하면서도 웃프다. 똑같은 내용을 얼굴을 마주하고서 전달한다. 금방이라도 삿대질이 나올 기세였던 어르신은 의외로 금세 납득했다. 혼자 사시는 아버님은 미지의 바이러스가 창궐하는 오늘이 삶의 마지막 날인 것 같아 우울해 미쳐버리겠다고 한다. 집에서 고독사하더라도 발견되지 않을 거라는 생각을 하고 있었다. 그런데 젊은 복지사라는 사람은 내 마음도 모르고 같은 말만 반복하길래 화가 나셨단다. 변함없는 사실인 건 알지만 누군가와 이야기하니 마음이 놓인다며 집으로 발길을 돌렸다.

직원들도 불안하기는 마찬가지다. 코로나19 검사를 위해 격주로 보건소에 가서 코를 쑤셔대는 아픔을 경험했다. 건너서 들리는 코로나19에 걸려 돌아가셨다는 말은 '나에게 내일이 오지 않을 수도 있다'라는 생각도 들었다. 모두 속마음을 숨긴 채 매일 버티고 있다. 어르신의 조력자. 어쩌면 지금은 이 정도가 내가 할 수 있는 최선이다.

입시전쟁

코로나19가 길어지다 보니 바이러스와 공존하는 생활에 적응하고 있다. 다행히 조금씩 빗장이 풀려 백신접종을 완료한 경우에 한해 출입이 가능하게 되었다. 소극적인 시도라도 해볼 여지가 생겨서 다행이다. 다만, 매번 서류를 하는 건 직원도 어르신도 번거로운 일이다. 백신접종여부를 증명하려면 주민센터에서 코로나19 예방접종증명서 발급, 병원에서의 서류발급, 쿠브(COOV)앱 혹은 정부24에서 다운로드하는 방법이 있다. 과연 이 중에서 어르신이 할 수 있는 건 어떤 것일까? 가짓수가 늘어나고 혼란은 가중되어 정보 접근성이 취약한 사람은 소외당한다. 그놈의 종이 한 장이 뭔지. 주민센터에서 한 시간 넘게 기다려서 겨우 발급받고 매번 복지관에 들어올 때마다 여권처럼 보여줘야 한다.

"진작 말해줬어야지!"

접종 증명서로 한 번 확인하고 나면 나중에는 필요 없을 거로 생각해 보여주고 버리는 경우도 왕왕 생겼다. 여러차례 강조했지만 예상했던 일이다. 이해되지 않는 상황과 당황스러움에 어르신의 목소리가 커진다. 매일 생각지도 못한 상황을 대비해 이해하기 쉬운 설명방법을 연구하는 나날이다. 내가 생각해도 스마트폰 조작법을 모르는데 앱을 어떻게 설치하라는 건지 답답할 만도 하다. 평소라면 복지관에 가서 가볍게 물어봐서 해결될 일인데 사람도 만나지 말고 설치하라니 어르신 입장에서 기가 찰 노릇이다. 입장할 때마다 열 일 제쳐두고 확인해야 하는 나도 감시관이 된 것 같아 기분이 좋지 않다. 모두가 예민해진 상황에서 불미스러운 일이 생기지 않도록 어르신께 최대한 정중히 보여달라고 부탁한다. 결국 몇 차례 비슷한 일이 생기고서는 회원 카드에 표식하는 방법으로 바꿨고, 입을 마스크로 가린 채 눈높이에 맞춰 이해시키기 위해 손짓 발짓을 동원해 설명하는 스킬이 늘었다.

그동안 중단된 수업을 시작하기 위해 준비한다. 땀이 나는 격렬한 운동, 입으로 부는 악기 수업은 감염위험 때문에 제외하고 나니 할 수 있는 게 마땅치 않은 데다가 사회적 거리두기 때문에 이전처럼 교실에 많은 인원을 수용할 수 없다. 과목 개수와 인원을 절반으로 줄여 다음 학기 접수를 어떻게 할지 머릿속으로 시뮬레이션을 해본다. 이대로라면 신청을 하더라도 합격 될 확률이 낮아 원성을 들을 게 뻔했다. 빗발치는 항의를 감당하기 위한 해결 방법은 단 하나, 누구나 납득할 만한 공정한 기준을 세워야 한다. 모든 사람을 만족시킬 수 없다는 걸 알면서도 머리를 싸매면서 나온 세 가지 방법을 들고 과장님에게 간다. 우리의 한숨 소리가 관장님에게 들어갔는지 전체 긴급회의를 하잔다. 혼자 고민했을 때는 생각지 못한 문제점이 하나둘 나온다. 회계, 영양사 선생님 할 것 없이 각자의 시선으로 우려되는 부분을 이야기 나눈다.

서로 유기적으로 업무가 연결되어 있기 때문에 혼자서만 해낼 수는 없다는 걸 알지만 성격상 도와달라는 말이 입에서 떨어지지 않는다. 자신의 일처럼 발벗고 고민해주니 겸연쩍으면서 고맙다. 마라톤 회의 끝에 비로소 대안이 나왔다. 이래서 집단지성이 필요한가 보다. 한 사람당 3과목까지만 신청하기, 대리인 신청 불가, 취소와 변경 절대 금지(중요! 별이 ★★★★★개다.)

'불가', '금지'라는 문구가 빼곡한 안내문을 바라보자니 담당자인 내가 봐도 이건 하라는 건지, 말라는 건지 싶다. 접수를 예고하는 문자가 전송되자마자 부리나케 울리는 전화. 오랫동안 사회활동을 하지 못한 답답함이 수업을 반드시 듣고 말겠다는 욕구에 불을 지핀다.

두둥! 드디어 디데이다. 접수 첫날, 출근하는 지하철 안에서 오늘 벌어질 풍경을 그려본다. 무척이나 기나긴 하루가 되리라. 전화 신청만 허용되니 전화기가 울려댈 거고 사무실 모든 전화기가 화음을 쌓아 따르릉거리며 합창할 것이다. 전화선을 타고 하는 의사소통은 확인하고 또 확인하게 만든다. 족집게 선생님에게 상담하듯 과목 추천상담까지 하다보니 모든 회선이 통화 중이어서 불상사가 일어났다. 점심시간이 지나고 씩씩거리며 직접 찾아오는 분들이 생겼는데 오전 내내 연결이 안 되자 무슨 일인가 싶어서 오셨단다. 왜 본인 전화만 일부러 안

받느냐는 말, 누구 하나 믿을 수 없으니 당신 두 눈으로 보기 위해 왔노라며 오해가 펼쳐진다. 이전이라면 원하는 과목을 종이에 써서 내면 간단하게 끝날 일을 목소리만 듣고 하려니 쉽지않다. 어르신과 직원 모두 곤욕을 치른 하루. 당이 떨어져 탕비실에 놓인 간식을 한 움큼 입에 털어 넣는다.

'오늘은 첫날이여서 그런 거겠지?' 접수기간 내내 이걸 반복해야 해야 한다니 걱정에 휘감긴다. 오늘부터 불면증 예약이다.

어느 정도 신청이 안정화가 되자 합격 확률을 높이기 위한 어르신들의 새로운 움직임이 포착되었다. 사실 신청을 한다고 한들, 추첨에서 합격이 되어야지만 복지관에 올 수 있기 때문에 미달된 수업이 무엇인지 파악하기 위해 전화가 다시 빗발친다. '나만 알고 있을 테니, 말해달라.', '코로나시기에 힘들어도 배워보려는 어르신들에게 너무 야박하다.', '많은 사람이 듣도록 방법을 찾아야지 이런 식이면 구청에 말할 거다.' 굳은소리를 듣고 마음이 약해져도 흔들리지 않아야 한다. "잘 아시면서 이러시면 안 돼

욧!"이라며 말끝에 힘을 줘서 단호함을 보인다. 흡사 대학교 입시를 방불케 하는 눈치 싸움, 어떻게든 들어보려는 어르신들 사이에 필승 공략 족보가 있는 게 분명하다.

입시전쟁은 입학해야 끝이 나는 법. 추첨에 대해 뒷말이 나오지 않도록 아파트 청약 프로그램을 활용하기로 한다. 영상을 녹화해 보며 테스트한다. 만에 하나 잘못된다면, 상상만 해도 아찔하다. 강당에서 공개 추첨하던 시절에는 한 시간만 바짝 긴장하면 될 일을 몇 단계나 거쳐서 비로소 완성된다. 정원과 접수 인원을 살펴보니 합격 예상률은 75%다. 이렇게까지 분석할 필요가 있나 싶어도 같은 문의를 계속하는 어르신에게는 숫자로 설명하는 게 최고다. 의대 국가시험 합격률이 95%인 걸 감안하면 상당히 치열한 경쟁이다. 합격자만 치열한 게 아니다. 떨어진 사람 중에서 대기자를 한 번 더 추첨해야 하니 나에겐 뽑기 전쟁이다. 녹화 버튼을 누르고 '추첨'에 마우스 버튼을 갖다 댄다. '쓰읍-후우' 숨을 고르며 검지손가락의 클릭 한 번이면 이번 학기가 결정 난다. 긴장한 승모근이 아려온다.

　순식간에 합격, 불합격 그리고 대기자가 나뉘고 추첨결과를 올리자마자 전화가 울린다. 왜 떨어졌는지 설명하라는 말부터 과목상담을 잘해 준 덕분에 합격했다는 말까지 듣게 된다. 격렬한 이의제기는 없어서 이 정도는 가벼운 마음으로 넘긴다. 지금 느낌 그대로 이번 학기 잘 지나가 보자.

내 이야기에
내가 울었습니다

지금으로부터 5년 전 처음으로 책을 써보고 싶은 마음이 들었다. 그때는 한 분야에서 성공을 거둔 전문가가 '야, 너도 성공할 수 있어.'라고 말하는 자기계발서가 주류를 이루던 시기였다. 하지만 한낱 우주 속 작은 먼지인 내가 누구를 알려줄 위치가 아니라고 생각해 주춤했다. 에세이로 방향을 바꿔 써보려 했지만, 과연 내 이야기를 누가 궁금해할지 싶어 글쓰기를 중단했다. 돌이켜보면 아픔을 희석하는 데 시간이 충분하지 않았고 막연하게 밖으로 꺼내놓기에는 때가 아니라고 생각해 주저했다. 자신의 이야기를 마주하는 것에도 용기가 필요하단 걸 알게 되었다.

우연히 지인의 제안으로 구술자서전 프로젝트에 구술작가로 참여하게 되었다. 한 명을 섭외해 인터뷰하고 그 사람의 인생을 5장 안팎으로 엮으면 되는 거였다. 나 말고도 40여 명의 구술작가가 참여한다는 사실은 글쓰기에 대한 부담감을 가볍게 해줬다. 내 이야기 보다 타인의 이야기를 듣고 쓰는 거라면 해볼 수 있겠다 싶어 선뜻 시작했다.

글쓰기를 중단한 뒤로 일을 하면서 나를 표현하기보다 상대방의 이야기를 들어주는 게 편하고 잘한다고 느꼈기 때문이다. 누구의 이야기를 담을지 여러 날을 고민하다 엄마 친구의 어머니로 결정했다. 조부모와의 추억이 많지 않아 비슷한 시대를 살아온 사람의 이야기가 듣고 싶었다. 어렸을 때는 관심없던 할아버지, 할머니 연배의 인생이 신기하게 나이가 들고, 노인복지를 하다 보니 궁금해졌다. 하지만 지금은 두 분 다 돌아가셔서 궁금해도 물어볼 수 없는 아쉬움을 간접적으로 상상해 보고 싶은 마음이었다.

'세 번의 만남으로 일생을 잘 담아낼 수 있을까.' 90세를 훌쩍 넘긴 어르신과의 첫 만남을 앞두고 마카롱 가게에 들어선다. 요즘 유행하는 간식이 낯설까 봐 어른 입맛에 익숙한 인절미, 흑임자 마카롱과 특색있는 피스타치오 맛을 고른다. 오랜만에 새로운 얼굴이 집에 방문하는 건 어르신에게도 기대되는 일이었는지 한 시간 전부터 준비했다고 한다. 어르신은 일제 강점기 때부터 광복 시기까지 어려운 시기에서도 사회활동을 이어 온 신여성이다. 고향인 이북을 떠나 전쟁통에 포탄이 떨어져 패닉에 빠진 사람들의 표정을 묘사할 정도로 기억력이 굉장히 좋았다.

　문득 나이가 들수록 나약해지는 자기 모습이 싫어 기록해야겠다는 마음을 먹은 어르신의 습관은 80세부터 지금까지 이어져 단상이 아닌 서사가 되었다. 종이상자를 열어 자랑스럽게 손때가 묻은 수첩을 보여준다. "나는 원체 끄적거리는 것을 좋아해. 항상 수첩을 품에 지니고 다닌다구." 지금은 갈 수도 없는 옛 고향 주소와 고마웠던 지인의 이야기, 기억이 희미해지면 살아온 흔적들을 잊어버릴까 봐 적어놓았다고 한다. 과거를 담은 보물 상자에는 지나온 시간을 소중히 여기는 마음도 함께 들어있었다. 페이지를 넘길수록 삐뚤어지는 글씨를 통해 펜을 잡기 어려운 기력에 어떻게든 써 내려가는 어르신의 모습을 상상해 본다. 고령의 나이가 무색하게 총명함이 느껴지는 글에서 순간을 놓치지 않으려고 애쓰는 게 느껴졌다.

살아온 날이 많은 만큼이나 들려주고 싶은 것도 많아서인지 시간 순서가 얽힌 채 이야기가 흘러나온다. 나는 과거와 현재를 오가는 시간 여행자가 되어 몰입하면서 어르신의 말을 빼지도, 더하지도 않고 옮겨 적는다. 맛을 살릴 수 있도록 흐름이 맞지 않은 부분들은 녹음본을 다시 들으며 다듬었다. 몇 번의 만남을 더 가진 후 완성한 최종본을 이야기의 주인에게 확인받고자 들려드렸다. 여러 구술작가들이 귀로 담은 이야기를 종이로 옮겨적었고 각기 다른 색을 가진 이야기들이 모여 한 권의 책으로 나왔다. 출간기념회에 참석한 어르신은 "별 볼일 없는 이야기를 이렇게 만들어줘서 참 고맙다."는 말과 함께 눈물을 훔쳤다.

90여 년의 세월을 비록 몇 페이지로 압축할 수밖에 없었지만, 어르신이 울고 웃으며 미처 마무리하지 못했던 자신의 과거와 인연을 용서하는 과정을 보며 인생을 정리하는 시간의 힘을 알게 되었다. 구술작가 활동을 통해 자서전 작업으로 누군가의 삶을 돌아보고 치유하는 여정을 돕고 싶어졌다.

결국 그림책 자서전 프로그램을 기획하기로 마음먹었고 지원금을 받지 못한다면 설득해서라도 하고 싶었다. 정성을 들여 사업계획서를 작성했고 다행히 선정되었다.

첫 수업, 자신이 살아온 인생 이야기를 어떻게 하라는 건지 막막한 눈빛을 한 어르신들이 교실에 모였다. 참여자들이 마음을 열어야 서로 긍정적인 자극을 주고받으며 감정을 소화시킬 수 있게 된다. 나이가 들수록 자신을 드러내기를 주저하기 때문에, 자기표현을 하는 데까지 많은 시간이 필요하다. 강요한다고 마음이 움직여지는 것도 아니다. 강사님이 세심하게 이끌어 가는 동안 나도 변화를 관찰하며 옆에서 챙긴다.

수업은 무겁지 않은 분위기 속에서 회차를 거듭하며 표현에 주저하던 분들은 적극적으로 바뀌었다. 먹고 사느라 바쁜 세월 속에서 잊고 지낸 온전한 자신을 찾는다. 손녀랑 놀아줄 때 말고는 색연필을 쥐어본 적도 없고 도화지는 하얗고 머릿속은 까매져 막막하지만 직접 그림을 그리고 글쓰기를 하며 추억하는 활동을 한다. 그리기에 대한 부담감 때문에 중도 포기하고 싶다는 분도 계셨는데 상담을 해보니 오랜 기간 가족 돌봄으로 자신의 삶이 애처로운 기억만 있어 그만두겠다 하셨다. 항상 밝은 모습이어서 가려져 미처 몰랐는데 우울감이 높은 편이었다. 타인을 위해 오래 살아왔기에 주도적인 활동이 어색하고 어려웠던 거다. 수요일 오전 10시, 나 자신을 돌보는 시간. 매주 한 페이지씩 각자의 인생에 나만의 색을 입혀나간다.

오늘은 어린 시절을 그려보는 시간이다. 항상 꽃이 달린 모자를 쓰는 어르신은 분홍색 색연필이 닳도록 칠한다. 어린 시절 분홍 신발을 신고 싶었는데 가난한 집안 사정 때문에 어머니께 말도 꺼내지 못했다고 한다. 어릴 적 나에게 예쁜 옷을 입혀주고 싶다며 웃는 얼굴을 한 꼬마아이가 드레스를 입은 그림을 그렸다. 시간이 지날수록 과거 회상에만 머물렀다가 미래를 그려나갔다. 신혼 일때 무심한 남편이 서운했지만 지금까지 살아있어 고맙다는 호탕한 성격의 어르신,

자랑거리가 하나도 없다던 어르신은 곰곰이 생각하더니 자녀가 결혼해 손주까지 낳은 것이 감사하다고 말한다. 당연하게 여겨서 몰랐을 뿐이지 감사할 거리가 천지라고 모두 입을 모은다.

옆 짝꿍이 오는지 가는지도 몰라볼 정도로 순식간에 수업이 끝나버렸다는 반장 어르신의 말처럼 열정적이고 뜨거운 여름이 지나갔다. 내 손으로 만든 세상에 한 권밖에 없는 책을 모아 출간기념회 자리를 만들었다. 그림책은 나 자체이자, 유서나 다름없다며 소감을 말하며 눈물짓는다. 마지막으로 이번 기회를 통해 나의 인생을 한 문장으로 표현해보자며 질문을 던진다.

"인생을 이쁘게 다듬는 기분이야."
"이제는 나를 위해 살아야겠어."
"고생한 나에게 스스로 선물하는 마음."
누구나 풀지 못한 이야기보따리가 있다. 꽁꽁 싸매진 보자기는 어느새 풀려서 서로를 매듭짓고 돈독하게 만든다.

종합예술 만능복지인

사회복지사 커뮤니티를 웹서핑하다가 눈에 콱 들어오는 질문 하나. '여러분은 영상 편집이나 포토샵 할 줄 아시나요?' 무슨 댓글이 달렸는지 궁금해 스크롤을 내리니 너도나도 성토대회가 열린다. '하나도 몰랐는데 일하다 보니 어느 순간 하고 있습니다.'

'스스로 익혀서 활용하다 보면 당연한 업무가 됩니다.' '당신도 몰랐던 미적 감각을 알게 될 겁니다. 당신의 능력을 숨기세요.' 알고 싶지 않았지만 어쩔 수 없이 알게 되었다며 슬프게도 대부분 할 줄 안다는 내용이 주를 이룬다. 코로나19로 복지관 휴관이 결정 되었을 때, 많은 기관들이 비대면 영상강의를 제공하고자 공식유튜브 채널을 만드는 광풍이 불었다. 나처럼 그 태풍의 눈에 있던 사람들로 보인다. 랜선으로 만나게 되니 반가우면서도 씁쓸하다.

서울에 거주하는 만 60세 이상 어르신은 서울권역에 있는 노인복지관을 이용할수 있는데 불광동에 살더라도 성수동에 있는 노인복지관 이용이 가능하다. 코로나19 전에도 여러 곳을 등록한 뒤, 비교하면서 본

인취향에 맞는 수업을 선택하는 어르신들이 있었다. 이제는 온라인으로 옮겨져서 손가락 터치 한 번으로 다른 기관의 채널들을 들어가서 쉽게 비교할 수 있게 되었다. 제작하는 입장에서는 차별화된 콘텐츠를 만들어야 한다는 압박감이 있다. 조회 수가 가시적으로 보이고 어느 시점까지 시청했는지 확인할 수 있다 보니 굉장히 신경이 쓰인다. 시청률 떨어지면 뭐가 문제인지 고민하게 되고 수치에 집착하게 된다. 대상자를 위해 제작하려던 초기 의도가 변질되어 서로 앞다투어 업로드에 열을 올리게 된 거다. 구독자 수를 늘려주고 싶지 않지만, 다른 기관은 어떤 콘텐츠를 기획하는지 실시간으로 염탐하기 위해 채널 구독 버튼을 누른다. 이게 바로 살을 내주고 뼈를 취한다는 건가! 쏟아져 나오는 영상들 사이에서 색다르게 보일만한 소재를 찾느라 바쁘다.

넘쳐나는 매체물 때문에 어르신들도 안목이 높아져 감각적으로 확 끌어당기는 것이 무엇인지 안다. 예쁜 건 전문가 손길이 닿은 것이다. 그 말은 돈이 들어가야 한다는 말인데 기관 입장에서는 투자하기가 쉽지 않다. 사회복지사가 편집을 하게 되면 평상시처럼 수업을 진행하는 강사에게만 강사료를 부담하면 된다. 하지만 영상 편집자를 따로 두면 편집비용까지 추가될 뿐만 아니라 코로나19 상황이 더 길어지면 비용지출이 커지기 때문에 직원을 활용하는 결정을 하는 것이다. 외주용역을 준다고 해도 한 번에 마음에 드는 작업물이 나오긴 어렵다. 여러차례에 거친 작업물 수정요청과 피드백, 최종 결과물을 받기까지 소모되는 시간을 생각하면 내가 후딱 해버리는 게 속이 편하다. 그래, 앓으니 죽지. 이렇게 후천적 재능이 또 하나 늘어난다. 하하.

편집앱을 내돈내산하고 강의를 듣고 실제로 만들기까지 고비를 겨우 넘겼건만 시간과 노력은 드러나기 쉽지 않다. 편집하느라 반나절 넘도록 모니터에 코를 박고 있지만 "프로그램이 있으니 영상편집은 쉬운거 아니야?"라고 말하는 사람에게 그렇게 쉬우면 제발 대신 좀 해달라고 부탁하고 싶다. 두 가지 역할을 해내면서 '만능'과 '전문'이라는 사이 애매한 위치에서 다재다능한 사람이 되어 가지만 영상 조회 수는 가냘프다. 숫자 하나라도 올라가기를 바라며 애꿎은 새로고침 버튼만 누른다. 유튜버들이 왜 좋아요, 댓글, 구독, 알림설정을 외쳐대는지 이해가 간다. 취미였다면 깔짝거리다 포기했을 텐데 어떻게든 결과물을 만들어 내는 나를 보며 월급이라는 게 참으로 무섭다.

그렇게 자본주의에 넘어간 나는 또 잘해 버린다. '나 이거 왜 잘해?' 영화 극한 직업에서 잠복수사를 위해 통닭집을 차리고 누가 주방장을 할지 가려내기 위해 대결하는 장면이 떠오른다. 자신도 몰랐던 탁월한 요리 솜씨를 알게 된 형사가 기가 막힌 갈비맛 통닭을 개발해 내고 식당은 문전성시를 이루고 주객전도되어 수사는 뒷전에 두고 올라간 매출에 즐거워한다. 영상편집도 모자라 채널관리까지 해야하느냐며 짜증내다가 신나서 빠져드는 내 모습과 겹친다. 영상을 한 사람이라도 더 봤으면 하는 마음에 하나하나 붙잡고 알려주기까지 한다. 대면강의보다 불편하긴 하지만 비대면강의가 시

간 장소에 구애받지 않아 편리하다는 긍정
적인 반응에 힘을 얻는다.

나는 점점 기술자가 되어 어깨가 한껏
솟아 올라 일을 저질러 버렸다. "어버이날
행사? 까짓것, 제가 라이브 방송으로 할 수
있습니다!!"라고 큰소리를 빵빵 쳤다. 사회
복지도 기획하는 부분이 있기는 하지만 이
것은 창작 능력까지 더해진다. 하나의 방송
을 위해 시나리오작가, 카메라맨, 편집자,
PD가 모여 완성된다. 하지만 사회복지사로
일하면서 탑재된 멀티플레이어 성향을 끌
어내 완벽하진 않아도 시도해 보기로 했다.
이번 행사의 하이라이트는 비대면으로 케
이크를 함께 만드는 것이다. 전날 어르신들
께 케이크 재료 키트를 전달하고, 행사장에
조명과 마이크를 설치한다.

관장님과 과장님의 순서로 멘트 합을 맞
추며 점검하는 사이 시험방송 송출도 해본
다. 행사 당일, 링크를 발송하고 화면조정을
알리는 칼라바를 띄워 카운트다운을 한다.
오, 제법 그럴싸한 스튜디오 같이 꾸며졌다.

큐사인을 받은 관장님의 인사가 시작되고, 화면 너머 우리에게 손을 흔들며 답하는 어르신들에게서 즐거움이 생생하게 느껴진다. 가족과 모여 만들기도, 따로 재료를 추가하는 응용력도 보였다. 1번 카메라는 케이크를 비추고, 2번 카메라는 원거리로 잡아 화면 전환을 하기 위해 대기한다. 직원들과 사인을 맞추는 게 마치 100만 유튜버. 처음 하는 생방송이라 진땀 나는 상황은 애드리브로 채우고 소통하면서 함께 한 행사는 우리도 어르신도 즐거웠다. 성공적으로 마친 뒤 라이브 영상 섬네일을 만들어 올린다. 무에서 유를 창조해 복지관을 방송국으로 만들어버리는 내 능력에 놀라서 기립박수 칠 뻔했다.

다른 기관에서 방금 올린 어버이날 행사 영상이 유튜브 알고리즘에 의해 추천 영상으로 뜬다. 화면 속에 직원이 마이크를 잡고 레크리에이션을 진행하는 장면을 일시정지한다. 눈을 비벼 다시 확인해 보니 전에 함께 일했던 친구다. '어머, 왜 네가 거기서 마이크를 잡고 있는거니.' 내 기억으로는 꼼꼼하고 외향적이지 않은 성격인데 카메라 앞에서 높은 텐션으로 행사를 진행하는 친구를 보자니 거울을 보는 것 같다.

　'괜찮아, 우리 나중에 이 일을 안 하더라도 어딜 가든 먹고 살 거 같지 않니? 우리 모두 종합예술 만능복지인이야.'

이왕이면
대감집 노비

| 불쏘시개

그럴 생각이 없었다. 마음 깊은 곳 불을 지핀 건 관장님의 말 한마디다. "생각보다 선생님이 나이가 많구나. 깜짝 놀랐어." 아침 티타임 중에 내 나이 얘기가 나온 모양이다. 비슷한 시기에 들어온 직원 나이랑 비슷하겠거니 해서 삼십 대 초반으로 생각했단다. "하하. 올해는 좀 더 진중해져 보겠습니다."라며 우스갯소리로 넘긴다.

코로나 시기를 정신없이 보내다 보니 나이 감각이 사라졌다. 서른일곱 살이라고 자각되는 순간 살아온 인생 궤적이 어땠는지 생각해 본다. '나이에 맞게 가고 있는 걸까?' 공백없이 일했다면 직급이 자연스럽게 올라가는 수순을 밟았을 테다. 건너서 들리는 후배의 승진 소식과 나이 이야기가 시발점이 되어 이직을 생각하게 되었다.

이곳은 한정된 인력 체계 때문에 위 직급으로 승진할 수 없다. 매년 자동적으로 오르는 호봉에 안주할지 아니면 도전해 볼지 기로에 있다. 새가슴인 나는 회사에 다니면서 이직 준비한 경험이 없어서 벌어지지 않은 상황까지 상상한다. '지원자 검증을 한다고 회사에 연락하면 곤란한데, 윗분들끼리 아는 사이이면 어쩌지.' 벌렁거리는 심장을 부여잡고 남은 휴가 개수를 세보며 면접 요청이 오면 몇 군데나 참석할 수 있을지 생각한다. 지금은 더 신중해지고 치밀해야 한다. 구인 공고를 보며 출퇴근 소요 시간, 직원수, 예산서로 사업 규모까지 파악해 엑셀로 정리하고 기관이 추구하는 비전과 직업 가치관을 고려한다. 채용하려는 자리가 과거 경력과 연관성이 있는지도 꼼꼼하게 본다. 노인복지 분야에만 있었지만 경력에 비해 다양한 사업을 해본 나의 장점을 살릴 만한 기관을 찾는다. 모든 요건이 딱 맞아떨어지기는 어렵겠지만 이왕이면 회사도 내가 필요하고 나도 능력을 잘 펼칠 수 있기를 바랄 뿐이다.

 퇴근 후 뻑뻑한 눈에 인공눈물을 넣어가며 자소서 쓰기를 한 달째 하고 있다. 면접 날짜가 겹칠까봐 많은 곳에 공격적으로 지원하기도 어려웠다. 나쁜 일을 저지르는 것도 아닌데 이상하게 몰래 숨어서 은밀히 준비하게 된다. 업무강도가 가장 높다고 소문이 파다한 L기관은 일이 힘든 대신 처우가 괜찮은 대감집에 속한다. 이메일로 경력자만이 구사할 수 있는 능청스러운 문구와 함께 이력서를 보냈고 며칠 후 회신이 왔다. '귀하께서 우리 L기관에 보여주신 관심에 다시 한번 감사드리며 지원해 주셔서 감사드립니다.' 지원자를 생각하며 거절을 친절하게 하는 회사가 오랜만이라 괜스레 혼자 감동한다. 사회생활을 갓 시작한 병아리였다면 불합격에 낙심했을 텐데. 데미지는 커녕 '캬, 여기 담당자 일 잘하네' 이러고 있다. 이런 게 연륜이라는 건가.

얼마 후 높은 직급의 자리로 지원한 K기관에서 서류합격 연락이 왔다. "2차 면접에 오실 의향이 있으신가요?"라고 한다. 기쁜 마음을 숨기고 자연스러운 연기를 곁들여 '아유 그럼요. 3차, 4차 면접도 좋으니, 말만 해주십쇼.'를 꿀꺽 삼키고 "넵!"이라고 대답한다. 서류전형에서 연거푸 떨어져 면접까지 가려면 시간이 걸리겠다고 예상했지만 생각보다 빠르게 면접단계에 도달했다.

예상질문 목록을 뽑으며 모든 준비를 마쳤는데 몸이 준비되지 않았다. 오랜만에 입은 정장치마가 맞지 않아 재킷 앞섶을 끌어당겨 배를 가린다.

분명 블라인드 채용이라고 공지되었는데 민감한 질문이 어퍼컷처럼 들어왔다. 만나는 사람 여부와 결혼 후에도 일하고 싶은지에 묻는다. 인사관리를 하는 입장에서 신경이 안 쓰일 수 없는 노릇인 건 이해가 가지만 지원자 입장에서는 '글쎄요. 말하기 싫은데요.'할 수 없다. 설령 결혼하고 일을 그만둘 생각이어도 출제자의 의도가 훤하게 파악되는 답정너 질문이다. 지원자에게 양해를 구하긴 했어도 블라인드라는 말이 무색한 면접 절차였다. 면접관 질문에 막힘없이 대답했지만 찝찝한 기분을 안고 배정된 15분이 끝났다. 숨 돌리는 싶은 순간, 관장님이 말한다.

"지원자분은 어쩜 이렇게 떨지도 않고 말하나요?"라며 관장님이 말한다. '무슨 의미로 말하는 걸까? 나 완전히 떨고 있는데.'

대답하지 않고 가만히 있기도 애매하다. 사실은 매우 긴장했다며 겸손을 얹은 답변으로 마무리했다. 면접을 보고 나오는 길에 다른 지원자 세 명이 대기하는 모습을 보며 저들이 경쟁자라는 생각에 눈을 흘기면서 입구를 빠져나온다. 지금 기관보다 큰 건물을 올려다보며 이왕에 같은 노비라면 대감집 노비가 되면 좋겠다고 생각한다.

평범한 여느 때처럼 아무 일 없었단 듯이 출근해서 일을 한다. 핸드폰이 언제 울리는지 촉각을 곤두세우며 결과가 발표되기를 기다린다. 담당자도 출근하자마자 바쁠 테니 아침 댓바람부터 합격 연락하는 건 어려울 거다. 점심시간이 지나 여유롭게 연락이 올 것이라 기대한다. 이상하다. 전화도 문자도 깜깜 무소식이다. 홈페이지에 혹시나 결과가 올라왔는지 몰래 확인하기 위해 희망을 품고 화장실로 향한다.

'이번 공고에는 적격자가 없으므로 재공고하고자 하오니...' 면접 분위기도 나쁘지 않았다고 생각했는데, 집중적으로 질문이 들어왔던 경력단절 기간이 마음에 걸린다. 지원자에게 문자로도 알려주지 않는 점에 여러 생각이 겹친다. 떨어졌다는 사실보다 친절하게 회신메일을 줬던 L기관과 상반된 무성의한 통보에 더 화가 났다. 내가 부적격자라니. 적격자가 아니라는 문구가 꽂힌다. 대기실에서 마주쳤던 세 명의 지원자도 나와 같은 처지라는 사실이 떠 올랐다. 이제는 면접은 왜 진행된 것인지 다시 분노 게이지가 상승한다.

방금 올라온 글을 보자마자 홈페이지에 새로운 채용공고가 올라왔다. 종전과 같은 업무인 대신 직급을 낮춰 사회복지사를 채용한다는 내용이다. 막상 지원자들을 만나보니 높은 직급을 달아 줄 정도까지는 아니었다는 건가. 얼마나 어마어마한 사람을 뽑으려는지 보려고 매일 같이 들어가 모니터링한다. 결과는 적격자가 없어 곧바로 채용공고가 또 올라왔고 똑같은 내용으로 다시 직급을 올린 팀장을 채용하는 거였다. 직급을 오르락내리락하는 채용굴레의 끝은 결국 내부승진이었다.

애초에 이럴거면 들러리를 세우지 말고 처음부터 내부직원을 염두에 두고 채용을 하면 안됐던 걸까. 합격해서 다녔어도 고생길이 훤했을 회사였다고 결론 내렸지만 기관도 지원자도 시간과 노력이 소모되었다. 이름도 모르는 세 명의 지원자들이 자신의 가치를 알아주는 기관에 채용되길 바라는 마음마저 들었다. 이런 회사에 얽히지 않은 건 다행이지만 나이에 대한 초조함, 이러다가 마흔까지 평사원에서 멈춘 내 모습을 상상하니 아찔하다.

'나도 승진이란 거 해보자. 좀!'

| 우연히

이틀 후 난 여기에 없다. 어쩌다 지원한 회사에 합격해서다. 회사탈출에 대한 갈망의 크기만큼 멀리 떨어진 제주도로 밥벌이하러 갈 예정이다. 입사지원은 우연한 계기로 일어났다. 코로나19에 걸려 자가격리를 하는 동안 엄마는 나를 피해 제주도에 머물렀고 지방방송 자막으로 'J공공기관 직원 채용공고'를 보았다는 말을 듣고 시작되었다. 법령에 따라 지역별로 설립되는 과정에서 여러 이슈를 몰았던 곳이다. 다른 사회복지 공공기관들은 현장업무를 접하기보다는 사무에 가깝다. 민간에서 꺼리는 일을 공공이 함으로써 돌봄 사각지대를 해소하는 방향성을 가진 J기관에서 현장에서 했던 일을 거시적으로 해보고 싶었다.

수많은 서류전형에서 '적격자 없음', '해당자 없음'으로 구분되었기에 다시 부적격자가 되고 싶지 않았다. 그동안 숱하게 작성해 봤던 복지관의 양식은 A4 2~3매 이내였지만 생전 처음 보는 생소한 형식과 3,000자를 적어야 하는 게 자신없어 이틀을 고민했다. 팔만대장경도 아니고 이력서에 어떻게 담아내야 하는지 아득하다. 다양하고 복합적인 질문에 아름다워 눈물이 날 지경이다. 이제 막 설립되는 단계라 공개된 자료가 많지 않아 직무수행계획 부분이 가장 어려웠는데 인사 담당자에게 당신도 이만큼 써낼 수 있는지 묻고 싶다. 원래 여러 번 거부당한 인간은 세상이 나에게 시비를 건다고 생각하기 때문에 불만이 많은 편이다.

구시렁거리면서도 신생기업이기에 왠지 낮을 듯한 경쟁률, 공기업의 복지제도가 이점이 아른거린다. 격리 4일차, 몸살은 잦아들어 별달리 할 것도 없고 드라마 정주행도 이제 재미가 없다. 서류전형과 면접 중 어디까지 합격하는지 궁금해졌다. 떨어지더라도 계획에 없던 회사였으니 아쉬움도 없을 거 같아 시험 삼아 해보기로 했다. 나라는 인간, 또 시작하면 경주마가 되어 어느새 매우 진심이다. 기침을 콜록거리고 식은땀을 닦아가며 작성한다. '뻔뻔하게 내 자랑질을 분량을 길게 뽑아 글로 옮길 수 있으려나. 그건 좀 어려운데...'는 무슨! 문항들을 꽉꽉 채워 넣다 보니 넘친 글자를 서둘러 퇴고하느라 마감 십분 전에 간신히 제출했다.

　서울에서 살다가 고향인 제주도에 다시 돌아가는 건 생각해 본 적이 없다. 지역을 갑자기 이렇게 바꾸는 이게 맞나 싶지만 일단 질렀다. 정신이 혼미한 상황에서 제출했기에 놓친 게 없는지 살펴보다가 깜짝 놀랐다. 지원자 전원이 필기시험을 봐야 한다는 것과 한 달도 채 남지 않은 사실을 알고 급히 서점으로 달려가 NCS 문제집을 사고 강의를 찾아보기 시작했다. '의사소통, 자원관리, 문제해결, 수리능력' 4음절로 맞추기로 합의를 본 것 같은 과목 이름에 콧방귀를 뀌며 문제를 살펴본다. '10% 소금물 100g과 5% 소금물 200g을 섞었을 때 소금물 농도를 구하라' 이 기시감은 무엇인가. 중학교 때 배웠던 기억이 난다. 전개도를 접어 완성되는 입체도형을 예상하는 문제, 블록이 쌓인 모양으로 단면도를 유추하거나 직무관련 상식문제도 나왔다. 분명 한 문제인데 글과 그림이 가득한 지문이 끝나지 않고 페이지를 꽉 채웠다. 왠지 몸속 바이러스가 배로 증식되는 느낌이다. 아니, 일하면서 보드게임을 한다면 주사위를 굴리는 확률을 구할 줄 알아야겠지. 티타임에 먹는 커피믹스를 맛보고 농도를 맞춰야 한다면 인정하겠다. 일하는 데 하등 필요하지 않는 이따위 문제들로 지원자를 판별하는지 이해가지 않는다. 면역항체가 코로나19 바이러스와 싸워서인지 화가 나서인지 모르겠지만 열감이 훅 올라온다. 체온계를 꺼내 열을 재본다. '36.5도, 정상이네.'

대기업 다니는 사람들은 이보다 더한 과정을 거쳤겠구나. 그간 내가 편히 살았다고 자기반성을 하며 문제를 풀다 보니 상당히 흥미롭다. 이와 중에 왜 또 재미있어 버리는지 알다가도 모를 일이다. 반복된 일상 속 새로운 자극이 되어 뜬금없이 동기부여가 되었다. '그래, 승진 기회가 없는 지금보다 낫겠지.' 그러려면 어디든 탈출해야 한다. 나도 대감집 노비가 되어 떠나리!

몰래 연차를 쓰고 제주도로 내려가 치른 필기시험에 합격했다. 큰일이다. 일이 커져버렸다. 당황스러운 감정은 잠시, 반대로 이

126

미 외국어 공부하듯 하루에 세 시간씩 면접 기계가 되어 연습한다. 낮에는 일을 하고 밤에는 글을 읽는 주경야독 생활을 하며 탈출의 꿈을 키워나갔다.

　면접이 평일로 진행되기 때문에 전날 제주도로 내려가려면 이틀 연차를 써야 했다. 워낙 잘 안 쉬기로 소문난 사람이 갑작스럽게 연달아 쉰다면 의심할 것만 같아 도둑이 제 발 저려서 컨디션이 안 좋은 듯한 연기를 펼친 뒤 밤 비행기를 탔다. 면접장에 도착해 결연한 마음을 담아 잔머리를 남기지 않고 머리를 하나로 꽉 묶고 왼쪽 가슴팍에 '16번' 명찰을 달았다. 블라인드 전형이기 때문에 이름과 기관, 학교, 출생지가 유추될 만한 것을 말하면 안 된다고 주의사항을 안내받는다. 대자보에 면접자는 나를 포함하여 세 명으로 적혔는데, 당일에 한 명이 오지 않았다.

　50%의 확률 속에 내가 앉아 있다니 괜찮은 확률 게임이다. 아무도 뽑히지 않을 수도 있지만 지금은 긍정회로를 돌려야 할 때

이다. 내가 그간 연마한 답변을 뽐내는 시간이 끝나고 15번 지원자의 차례가 되었다. 긴장했는지 정면에 있는 면접관을 바라보는 내 시야에서도 달달 손발이 떨리는 게 보였다. 마지막 질문으로 지금 이 자리 오기까지 후회되는 것을 이야기해 보라는 면접관 질문에 그는 자신의 부족함을 느껴서 후회된다고 답변한다. '나 여기 붙겠는걸?'

면접을 본 뒤 이렇게나 확신이 든 적은 처음이다. 서둘러 비행기에 몸을 싣고 서울로 향한다. 아무 일 없던 모양새로 잘 쉬고 온 사람 모습을 하고 출근했다. 며칠 후 수험번호를 조회한다. '합격'이라는 두 글자로 이번에는 부적격자에서 적격자로 승격해 탈출했다. 이게 된다고? 아니 그보다 소비요정이 백화점도 없고 대형서점도, 새벽배송 주문도 안 되는 제주도에서 잘 적응 할 지 걱정된다. 일을 잘할 수 있을지가 아닌 잘 놀 수 있을지부터 생각한다.

회사 20여 곳에 떨어진 과거를 떠올리며 선택권이 없는 현 상황에 집중하기로 마음을 먹었다. 지금 회사 출퇴근 시간이 2시간이 훌쩍 넘는 것에 비해 10분이면 회사에 출근할 수 있고 월급이 오른다는 장점에 이끌려 바다를 건넌다. 이것만으로도 괜찮은 거겠지?

나의 합격비법은 코로나19였다. 엄마가 그때 제주도에 없었다면 그리고 채용공고 자막이 눈에 들어오지 않았다면, 코로나19에 걸렸기에 격리기간 동안 지원서를 작성할 수 있었다. 우연들이 쌓여 만들어진 지금의 변화를 겪으며 앞으로 또 다른 우연으로 어떤 일이 생길지 궁금하다.

| 10일간의 다큐멘터리

서울에서 새로운 터전인 제주로 옮긴 지 10일 째이다. 여기 있다는 게 아직 실감 나지 않는다. 입사하자마자 일이 휘몰아쳐서 서울인지 제주도인지 시공간을 인지할 틈이 없었다. 아니면 입사 직전까지 전 직장에서 일을 하다 와서일까.

　가장 힘들었던 건 노인복지 쪽으로 경력을 쌓아온 것과 다르게 팀에서 아동 보육 분야를 담당하게 된 것이다. 노인돌봄업무 담당자가 되기를 기대하고 지원했지만, 업무난이도와 경력을 고려하여 팀 내 직급에 맞게 배정된 것이다. 어린이집과 유치원의 차이도 몰랐기 때문에 용어부터 생소했다. 어린이집은 보육에 중점을 두고 유치원은 교육이 중점이라 관할부서도 다르다. 내가 살면서 5세 이하 어린이를 하루 이상 마주한 적이 없는데 어린이집이 잘 운영되도록 지원해야 한다니. 당장 다음 주까지 국공립 어린이집 위수탁을 위한 자료를 관할 시청에 제출해야 한다. 나는 생각이 많아 앞서서 걱정하고 심지어 책임감때문에 제대로 해내지 못하면 견디지 못하는 타입이라서 불안감이 발동되어 신입임에도 첫 주부터 주말 출근을 자처했다. 이번에는 절대로 회사에 몰입되지 않으리라 굳게 마음먹었지만, 장소, 업무, 동료까지 모든 게 새롭고 적응할 것 천지다.

입사 3일 차, 새벽 다섯시에 깨고 걱정으로 아침을 맞이했다. 갈수록 시들어가는 나와 달리 입사동기들은 신입의 풋풋함을 갖고 있었다. 팀장님은 얼굴이 잿빛으로 변하는 나를 보며 자신과 함께 입사한 것 같은 착각이 든다고 말한다. 5일 째에는 살이 빠지기 시작했다. 입안에 넣은 밥알이 씹을수록 까끌까끌하고 소화가 안 된다. PT를 해도 줄지 않던 살이 2.5킬로그램이나 빠지는 걸 보니 역시 최고의 다이어트는 마음고생이다. 트레이너 선생님이 내 체지방을 줄이고 싶어 안달이었는데 이 소식을 듣는다면 기뻐할 것이다.

입사 7일 차에는 혼자만의 고민이 아니란 걸 알게 되었다. 팀 동기인 세 명 모두 경력과 쌩뚱맞은 업무를 맡아서 불면증을 토

로하다 보니 끈끈한 동질감이 형성되었다.

이야기를 나눠보니 전 직장에서 일 좀 한다고 한 가락 하던 사람들인데 여기서 어리바리 헤매는 자신을 실망스러워 하고 있었다. 나도 에이스가 아니었던 적이 없었고 퇴사할 때 발목도 붙잡혀 본 사람인데 지금은 버벅거리며 A4용지나 축내는 사람이 되었다. 실적이 아닌 이면지를 생산하는 내 모습에 자괴감을 느낀다. 뚝딱거리는 장면을 누군가가 볼까 봐 이면지를 파쇄하느라 바쁘다. 다행인 건 내가 앉은 의자 바로 뒤에 파쇄기가 있어서 일을 많이 하는 척 증거인멸을 할 수 있다. 출근한 지 9일이 된 시점, 다행히 어느 정도 갖춰진 모양새로 서류를 제출했다. 완성하기까지 보고와 수정을 수없이 거치며 덤으로 야근까지 했다.

팀장님에게 보고하고 의자에 앉아 수정할라치면 본부장님이 호출한다. 같은 내용을 또 보고하고 수정하기 위해 자리로 돌아오면 팀장님이 또 찾는다. 방금 보고한 것을 보고하기 위해 보고 또 보고. 효율적으로 모두를 한자리에 앉혀 결정하자고 종용하고 싶었다. 만약에 제출한 서류가 떨어진다면 이놈의 과정을 또 거쳐야 한다.

10일 째인 지금, 새로운 걱정거리가 생겼다. 나이만큼 약아빠지지 못해서 생긴 고민이다. 일잘러는 두 부류가 나뉘는데 회사가 요구하는 일이 먼저인 일잘러는 몸이 먼저 반응해 쳐내기 바쁘지만, 자신이 중요한 일잘러는 완급조절을 할 줄 안다. 완성했어도 다하지 않은 척 시간을 끌기도 하는 직원은 거꾸로 상사가 눈치 보게 만든다. 나는 머리로는 알고 있지만 일이 쌓인 꼴을 못 봐서 일에 치여 살았다. 목표지향적이라 오늘의 체크리스트를 지우는 맛으로 쳐내다보니 어느새 많은 일을 맡곤 했다. 처음에는 성취감으로 열심히 하다가도 체력이 못 따라줘서 결국 번아웃 결말을 맞이한다. 이번에 그것만은 피하고 싶은데 사실 방법을 잘 모르겠다. 상사와의 밀당이 참 어렵다.

입사동기인 M주임은 첫날부터 눈치가 빨랐다. 업무 인수인계가 이루어지지 않아

멀뚱거리기 뻘쭘해서 규정집과 회사보고서를 외울 정도로 정독하는 내게 다가와 무언가를 오물거리며 건넨다. "탕비실에 간식이 몇 개 안 남아서, 쓸어왔어요." 나는 탕비실이 어디인지도 모르는 데다가 알았다 하더라도 들어갈 생각도 하지 못했을 텐데 신기했다. M주임은 비싸고 맛있는 것만 잘도 골라왔다. 덕분에 책상서랍이 풍요로운 간식창고가 되었다.

M주임은 며칠 동안 관찰한 사무실 분위기와 홈페이지 조직도에 따른 상사인물관계도를 종합해 알려주는데 감탄이 나왔다. 나보다 어린데 사회생활은 최고 레벨이다. 똑똑한 일잘러와 같은 팀이라니. '어리바리한 모습을 보이면 곤란하겠구나'라고 생각하지만 바로 내 옆자리이기에 불가능해 보인다. 누구에게도 만만한 일꾼이 되지 않기 위해 내일부터는 다시 콘셉트를 도도하게 잡아야겠다.

개꿀은 무슨 개뿔이야

인체의 세포 전체가 새로운 세포로 바뀌려면 100일이 걸린다고 한다. 나는 그 시간 동안 도시의 때를 벗어 제주 사람으로 적응해 나갔다. 복지관 건물을 뛰어다니며 불난 발바닥을 달래기 위해 신었던 기능성 운동화를 버렸다. 고딕체로 복지관 이름과 로고가 새겨진 서걱거리는 나일론 조끼를 벗었다. 아침마다 옷을 고르는 시간이 아까워 스티브 잡스처럼 색깔별로 구매해서 입었었다. 무거운 짐을 들고 뛰어다니는데 걸리적거리지 않아야 하므로 나에게 옷은 개성을 드러내는 패션이 아닌 작업복이다.

안정적인 공기업에 다닌다는 사실만으로도 몸과 마음이 편안해졌다. '취준생들이 왜 그렇게 기를 쓰고 공기업에 가려고 하는지 알겠네'라며 출근 전 꾸미는 여유를 부린다. 질끈 묶은 머리를 풀고 고데기로 컬을 넣기도 하고 모셔두기만 했던 액세사리를 하니 이제야 좀 사람다워 보인다. 제주도는 도서·산간 지역이니까 추가배송비가 붙으니까 오히려 한 번에 많이 사야 현명한 거라며 합리화하면서 돈을 썼다.

왠지 용모와 복장에 힘을 줘야 할 것만 같았다. 이직 준비를 하면서 숱하게 시청한 공기업 직장인의 브이로그에서 본 착장 느낌이랄까. 몸 쓰기에 좋은 복장이라기보다 전문성이 느껴지는 복장 말이다. 회사에 대한 기대감은 잘 다려진 셔츠와 정장바지 그리고 구두까지 갖춰 입은 출근룩이 되었다.

동료들은 내게 적절한 타이밍에 상향 이직을 잘했다고 했다. 마흔을 앞둔 나이면 복지관에서는 과장급이기에 이직이 쉽지 않은 데다 대부분 회사에서 나이 많은 아랫사람을 부담스러워하기 때문이다. 직무능력으로 투명하게 가려내고 채용 기준을 개별적으로 바꿀 수 없어 나이라는 핸디캡, 내정자가 있지 않은지 의심하지 않아도 되었던 건 행정안전부에서 권고하는 블라인드 채용이어서 가능했다. 공정성이라는 울타리 덕분에 합격한 나는 평사원에서 7급 공무원 정도로 대외적인 위치도 올라갔다. 계산해보니 도전하지 않았다면 복지관에서 몇 년을 다니고 또 다녀야 했다. 멀리 돌아온 시간을 압축적으로 보상받은 느낌이었다.

공채시스템 덕분에 여덟 명의 동기가 처음 생겼다. 복지관은 퇴사자가 생기면 업무 공백을 채우기 위해 바로 채용공고를 내기 때문에 입사 동기가 생기기 어렵고 다른 직군일 확률이 높다. 일하다 모르는 게 생기면 편하게 소통할 수 있는 사람들이 생겼다는 건 꽤 든든했다.

공기업의 꿀맛은 평가에 따라 성과급을 받고 매년 연봉협상을 하는 거다. 직장인이라면 누구나 내가 일한 만큼 보상받기를 원하지만 사회복지 분야는 호봉에 따라 급여를 받기 때문에 일을 못 해서 죽을 쒀도, 코피 흘리며 해도 같은 연차라면 같은 월급을 받기 때문에 잘 하는 사람에게 일폭탄 돌리기로 이어진다. 일의 쏠림 현상이 사기업보다 더 큰 편이다. 복지관은 돌아가야 하고 일을 잘 쳐내는 사람에게 업무를 더 준다고 문제 될 게 없으니까 말이다. 실제로 주변에 뜻을 품고 사회복지를 시작했지만 질려버려서 현장을 떠난 유능한 동료도 많다.

사회복지를 하면서 성과에 따라 차등보

상이 있다는 건 강력한 동기부여가 되었다. 지금 급여도 더 받는 건데 S등급, A등급에서 D등급에 따른 보상은 공정해 보였다. 회사 경영평가에 따라 성과금을 받는 거긴 하지만 열심히 하면 회사 평가결과가 달라지니까 나에게도 좋은 일이다. '일하지 않은 자여, 먹지도 말라' 얼마나 열심히 해야 하는지 감이 안 오지만 일단 그냥 열심히 한다. 마치 말로만 듣던 전설 속 유니콘이 어떻게 생겼는지 두 눈으로 직접 보겠노라고 가시밭길도 불사하는 모양새다. 인사복무, 재무회계, 인사복무규정이 기재된 규정집을 전달받고 인사담당자로부터 헷갈릴 만한 부분을 설명받는다.

근로자가 야근을 하고 휴일에 일을 하거나 미사용 연차가 발생하면 수당으로 지급받을 수 있지만 기관에서는 근로자의 입장보다는 행정상 편의라는 이유로 공공연하게 '한 달에 10시간만 야근하라.'라는 일들이 많았다. 일은 줄어들지 않는데 수당제한을 한다면 일을 어떻게 하라는 걸까. 근로시간이 넘더라도 수당은 포기하고 책임감으로 하는 거다. 그러다 보면 회사는 노동력을 당연하게 여기게 된다. 터무니없이 연장근로를 하는 건 문제지만 예산문제로 근로자의 권리를 주장하기 어려운 환경이 많았다. 그래서 당연한 근로자의 권리를 안내받은 것뿐이지만 보호받는 느낌을 받았다. 2시간 단위의 반반차가 가능하고 지참을 30분 단위로 신청할 수 있어서 소중한 연차를 알뜰살뜰하게 사용하기 좋다. 일과 가정양립을 위한 가족 친화 인증제도를 도입해 자녀 출산 및 양육지원, 유연근무제로 가족 친화적인 직장문화를 만들기 위해 애쓰고 있었다. 제대로 된 규정은 구성원이 안정적인 직장생활을 하게 만들고 회사 운영을 위한 소프트웨어가 된다.

전 직장에서의 동료 직원은 임신하고 배가 핸들에 닿을 정도일 때까지 일을 했다. 공백에 대한 미안함 때문에 개인 연차를 출산휴가와 붙여서 출산에 들어가는 분위기가 더 컸다. 동료 직원들의 배려와는 무관하게, 굳어있는 조직의 분위기 속에서 그 직원은 당당하기가 어려웠고 다른 기관들도 비

숫하다는 말을 들었다. 지금은 생각하기 어려운 상황이지만 줄곧 그런 사정을 보아왔기에 여기서는 결혼도 하고 육아휴직 하면 제주도 올레길도 걸어야지 하는 상상에 젖었다. 출장비도 눈치 보지 않고 결재를 올릴 수 있었다. 업무 때문에 외근을 다녀온 건데 거리가 가깝다는 이유로 '뭐 이런 거까지 출장복명서 결재를 올리냐?'라는 말을 듣기도 했다. 내가 분신술을 써서 몸은 사무실 앉아 우체국에 가서 등기를 부칠 수도 없고 일을 몰아서 출장을 나갈 수도 없는 노릇이어서 온전히 일에 집중하기가 어려웠다.

'역시 공기업 복지가 좋구먼'이라며 과거를 떠올린다. 하지만 또 다른 고비가 시작되면서 그동안 내 눈에 씐 콩깍지가 단단히 박힌 더블 콩깍지였다는 걸 깨달았다. 전임자가 수탁받은 국공립어린이집을 본격적으로 열기 위해 인사 채용부터 시작해야 했는데 뭔가 하나가 끝나 숨도 못쉬고 업무 저글링이다. '어디서부터 시작해야 하나.' 주섬주섬 법령을 찾아보고 다른 기관의 채용공고를 찾아보며 공부한다. 보육교사, 보조교사, 시간제 교사, 어린이집에 이렇게 세분화되어 있는지 몰랐다. 무슨 차이인지 와닿지 않아서 자녀가 있는 직원에게 도움 요청을 한다. 보육분야 경력자가 아무도 없다는 사실과 첫 단추를 잘 꿰어야 운영혼란이 일어나지 않는다는 생각에 중압감이 든다. 상사와 의논은 하지만 발생되는 결과를 예측하는 건 내 몫이다. 회사는 학교가 아니니까.

　　사회복지 현장에서는 궁금한 것이 있으면 다른 기관에 전화로 살짝 물어보며 해답을 찾아 나갔지만, 명색이 민간복지현장을 지원한다는 공기업에 다니는 직원이 마구 알아볼 수도 없는 노릇이다. 더 기함할 만한 일은 채용공고를 무작정 내는 게 아니라 인사위원회 안건에 상정하여 통과되어야지만 가능하다는 거다. 강사 채용 정도만 해봤고 나는 응시자로 '뽑힘'만 당해봤다. 취준생 시절이 떠오르면서 누군가를 채용한다는 게 이렇게 부담스러운 일인 줄 처음 알았다. 내가 뭐라고 누굴 뽑는 기준을 세운단 말인가. 딱딱한 고딕체와 로마자 숫자로 굵게 표시하며 관련 근거, 채용 개요, 모집 방법 및 절차, 보수 기준을 써 내려간다.

　최종본으로 진화시키는데 한 달이 걸린 파일명 뒤에 ver.10을 붙여서 저장한다. 오래 앉아서 일하기 좋은 고무줄 바지와 안경을 쓰며 야근하는 사이 미친듯이 쇼핑한 옷들은 택배박스 그대로 썩어가고 있었다. 응시자 권리보호 제도로 인해 불합격한 응시자는 채용과정 단계에서 의구심이 드는 경우 이의신청할 수 있다. 그렇게 되면 의견서 접수에 답변도 해야하고 번거로운 일들이 생기기 때문에 30페이지에 달하는 자료를 읽고 또 읽는다. 조사 하나로 의미가 달라질 여지가 없는지 한국어를 해석하는 게 마치 수능시험의 국어영역 문제를 푸는 듯하다. 하나를 만들기 위한 몇 단계의 빌드업을 거치는지 모르겠다. 수십 번을 지긋지긋하게 읽다 보니 마음속으로는 이미 내 마음대로 합격 발표까지 끝냈다. 인사위원회에서 안건이 통과되고 채용계획을 결재받은 뒤, 이제야 겨우 게시할 수 있게 되었는데 공기업은 외부에서 보는 눈이 많아 실수가 없도록 채용공고문도 꼼꼼히 살핀다.

채용공고하는 기간도 규정에 따라야 하기 때문에 서류전형부터 면접까지 아무리 빠르게 한다고 해도 한 달의 기간이 소요된다. 지원자가 아무도 없거나 적격자가 없다면 다시 채용 지옥이 열린다. 한 방에 계획한 인원이 충원되기를 염원하며 공고문을 업로드한다. 비나이다. 비나이다.

'와, 좋은 일 하시네요.' 새로운 사람을 만났을 때 사회복지사라고 직업을 밝히면 나오는 반응이다. 나도 사회 초년생일 때는 사회복지사는 좋은 일을 한다고 생각했지만, 지금은 생각이 다르다. 여느 사람과 마찬가지로 돈을 받고 일하는 직장인이다. 구체적으로 사회복지사가 무슨 일을 하는지 모르는 사람들은 자원봉사자로 생각하기도 한다. 심지어 '성격이 착할 것 같다'는 말을 듣고 당황스러웠다. 의외로 나는 고집도 세고 때때로 대분노 버튼이 눌리면 참지 않는 싸움닭이기도 하다. (TMI지만 연차가 높아질 수록 성격이 더욱 더러워 지는 거 같다.)

추상적인 형용사를 붙이며 직업을 성격으로 오해하는 시선이 난감하다. 사회복지사는 사회취약계층을 보다 더 잘 지원하기 위해 자격, 기술을 습득해 전문성을 갖추려고 노력하는 '사람돕는 분야'에 일하는 직장인이다. 이성적이고 냉철한 시각을 가진 사람이 사회복지를 잘하고 오히려 심성이 착한사람은 오래 버티지 못하는 경우를 많이 보았다. 대상자에게 과도하게 감정을 몰입하거나 폭언, 위협적인 행동때문에 상처받고 자신이 생각한 사회복지는 이게 아니었다며 퇴사 후 아예 다른 직업을 갖기도 한다.

사회복지 뿐만 아니라 사람을 대하는직업는 모두 '좋은 일'을 한다고 생각한다. 의사, 선생님도 사람과 관련된 일이고 생각해보면 대부분의 직업이 그러하다. 사회복지사는 착한 일, 좋은 일을 하는게 아니라 그저 누군가에게 필요한 일을 할 뿐이다. 사람을 돕기 위해서 꼭 사회복지사가 되는 방법만 있다고 생각하지 않는다. 자신의 생활이 어려운 상황임에도 불구하고 더 힘든 사람들을 위해 사용해달라며 후원하는 어르신도 봐왔고 자신의 시간을 기꺼이 봉사하는데 쓰는 사람도 있다.

막연히 타인을 돕는게 좋다는 이유로 진로를 덜컥 선택하기 보다는 현실적으로 일하는 상황 속에서 내가 어떨지까지 고려해 당신의 시간과 에너지를 아꼈으면 좋겠다. 나는 뒤늦게 사회복지로 전향한 탓에 끈끈한 선후배 관계가 없었던 점이 항상 아쉬웠는데 일터에서 막막할 때마다 학교 동기와 연락하고 중요한 고민을 선배와 의논하는 동료들이 부러웠다. 그게 내가 이책을 쓰게 된 이유 중 하나이기도 하다.

1호봉이었던 병아리 시절은 주어진 일을 쳐내기에 바빴지만, 규모가 크고 작은 복지관과 비영리공기업에 근무하며 '사람을 돕는다'라는 의미를 내 나름대로 좁혀나가고 구체화 시키는 시간이었다. 연차와 경험이 쌓이면서 내가 하고 싶은 사회복지에 대한 가치관이 형성되었다. 그 안에서 잘 발휘할 수 있는 나의 장점에 대해서도 탐색하고 있다. 나는 아직도 사회복지사가 되어가는 중이다.

현장에서 일을 시작하면서 나도 몰랐던

성향을 알게 되었다. 실험실 생활을 하면서는 인간관계에 있어서 뚝딱거렸지만 사회복지사가 되고나서 호기심이 많은 기질이 본격적으로 드러나 다양한 삶을 만나 이야기를 듣고 주변과 나누며 관계 맺는 것이 좋았다.

　　나의 장점은 말하고 듣는거라고 생각해왔기 때문에 글을 쓴다는 것은 낯설고 나와는 거리가 멀다고 여겼다. 처음 책을 써보고 싶다는 마음이 들었던 건 글쓰기 행위를 통해 지나가는 시간을 매어둘 수 있을 거 같아서였다. 글을 쓰는 이 순간도 떠오른 생각을 지금 느낌 그대로 잡아두기 위해 일단 마구 타이핑하고 Del 키를 누르며 지운다. 비록 처음의 형태는 사라졌지만, 당시의 감정과 생각을 담아 다듬어지고 명료해졌다. 나와 같은 아쉬움을 가진 누군가에게 이 이야기가 도움이 되었으면 좋겠다. 나도 나의 글을 읽고 있는 당신과 연결되기를 바란다.

과학을 좋아하고요 그런데 사람을 좋아합니다

초판1쇄 발행	2024년 9월 27일
펴낸곳	고유의 바다
글쓴이	고라해
디자인	고라해
이메일	gou_bada@naver.com
인스타그램	@gou_bada
브런치스토리	@cyanblue
ISBN	979-11-988365-2-6(03810)

* 본 도서는 서울시캠퍼스타운사업의 지원으로 창업하여 제작되었습니다.
* 이책의 본문은 '마루부리' 서체를 사용했습니다.